W.S. Maugham

毛 姆 文 集

W. Somerset Maugham

# 情迷佛罗伦萨

## Up at the Villa

〔英〕毛姆 著 余亢咏 译

上海译文出版社

# 一

别墅耸立在小山顶上。从前面平台上望出去,是佛罗伦萨一片壮丽的景色。后面有个古老的花园,花儿不多,却有很好的树木,周围是经过修剪的黄杨排成的树垣,园里有一条条散步的草径,还有一座假山,假山上从一只丰饶之角①中泻下一片小瀑布发出幽冷的金石声。这屋子还是十六世纪时候一个佛罗伦萨的贵族建造的,后来给他败落的子孙卖给了一家英国人;现在玛丽·潘顿就是从他们手里租下来住一阵的。屋子里的房间虽然宽敞高爽,但屋子本身却并不大,所以她有业主给她留下的三个仆人,已经很舒齐了。屋子里稀疏地布置着一些精美的古老家具,十分雅致。虽然没有暖气设备——因而她在三月底刚来到这儿的时候还觉得很冷——但是屋子的主人伦纳德已经装置好了浴室,所以住在里面还是够舒适的。现在是六月了,玛丽不出门的日子总是把大部分的时间消磨在平台上,闲眺佛罗伦萨那些圆屋顶和钟楼,要不就盘桓在后花园里。

她初到这里的几个星期,几乎整天游览观光;在乌菲齐和巴该罗博物馆度过了好些欢乐的早晨,到处参观教堂,在古街旧巷之间闲荡。可是近来除了去同朋友们吃饭应酬之外，难得下山到佛罗伦萨去。她在花园里散散步、看看书，怡然自得；即使出去的话，也宁可独自驾驶着她的菲亚特汽车到四周乡间去兜兜。意大利托斯卡纳的风景既华丽又朴素，无比地可爱。当果树上花儿怒放，白杨的叶子盛张的时节，那鲜艳的色彩好像在青灰色的橄榄树丛中放声欢呼——她觉得再也不会感受到这样的心旷神怡了。

自从一年前她丈夫惨死之后，接着因为那些在清理她丈夫挥霍殆尽的家产的律师们随时要来找她，又不得不守在家里挨过几个月焦急的时光，所以既然伦纳德家愿将这座古老的别墅出租给她，她自然乐于接受。她可以安定一下神经，来考虑自己今后该怎么办。经过了八年奢华的生活和一段不幸的婚姻，她现在恰巧三十岁，手头有些珍贵的首饰，还有一笔够她省俭度日的收入。这个情况比当初预料的要好得多；当时那些律师蹙着眉对她说，恐怕债务清理下来，将一个钱也没有了。此刻，她在佛罗伦萨呆了两个半月之后，倒觉得就这样的日子也可以安闲地过得下去。在她离开英国的时候，那个老律师（也是老朋友）曾经拍拍她的手对她说：

“现在你可以不用再烦什么心了，亲爱的，只要设法恢

① 丰饶之角，原是希腊神话中用以给幼年的主神宙斯喂奶的羊角。图画和雕刻作倒置的号角状，口上堆满瓜果谷物，象征丰饶。这里是用雕刻的丰饶之角作喷水口。

复你的健康和精力。我不提你的容貌,因为你的容貌丝毫没有受到影响。你年纪还轻,长得又漂亮,我想你自然还要嫁人的。不过这回可不要再为了爱情而结婚了;那是错误的。你该为地位、为有个归宿而结婚。"

她听了哈哈大笑。她已经有了辛酸的经验,当时她心里真不愿再去冒结婚的险了;而奇怪的是:她此刻却正在考虑着实现那精明的老律师给她的劝告。的确,情势好像就在这个下午要她作出决定。甚至埃德加·斯威夫特现在就在到别墅来的途中。他在一刻钟前打过电话来,说他想不到忽然需要到法国戛纳去会晤西费尔勋爵,而且马上就要动身,可是在动身之前急需和她会个面。西费尔勋爵是印度事务大臣,此次突然要召见埃德加,一定是埃德加终于将受命担任他一心想望的要职了。埃德加·斯威夫特是"印度星章"高级爵士,跟从前玛丽的父亲一样,是印度文官官署官员,有显赫的经历。他曾任印度西北总督五年,在一次大骚乱中曾经显出卓越的才干。五年任满,被誉为印度第一人才。事实证明,他是个非凡的行政家,果断而善于应变,严峻而不失为宽大仁恕。印度教徒和穆斯林教徒都爱戴他、信任他。玛丽从小就认识他。当时她父亲年纪还轻就在印度亡故,她们母女俩回到英国之后,埃德加每次归国度假,大部分时间总是陪伴着她们。她小时候,他带她去看哑剧,看马戏;到十几岁,带她去看电影、话剧;每逢她生日

或圣诞节,他又总送礼物给她。她十九岁的那年,母亲曾经对她说:

“假如我是你的话,我就不跟埃德加太接近,乖儿。不知你可觉得,他爱上你啦。”

玛丽大笑起来。

“他是个老头儿哪。”

“四十三岁,”她母亲尖刻地回答道。

然而当她两年后跟马修·潘顿结婚的时候,他送了她好些精美的印度绿玉的饰物,后来晓得她婚姻不如意,更对她关心备至。他在总督任满之后,回到伦敦,发现她去佛罗伦萨了,特地赶来看望她。玛丽看他一个星期又一个星期地尽呆下去,自然懂得他是在等待适当的机会向她求婚。他爱上了她多久了呢?回忆起来,那还是她在十五岁的那年,他休假回国,看到她不再是小孩子,而已经长成了一个少女的时候,他就开始爱上她了。那么长时间忠贞不渝的爱情真是够感动人的。而且十九岁的姑娘和四十三岁的男子,不同于眼前三十岁的少妇和五十四岁的男子;年龄的差距似乎缩小了许多。再说,他现在已不是当初的无名小官吏,而是成了要人。谁以为政府少得了他,那才荒谬呢;他是肯定要执掌日益显要的重任的。现在玛丽的母亲也死了,天下没有另外的亲人,只有埃德加是她最爱慕的。

“我总要决定下来才好,”她说。

他一会儿就要来了。她心想在客厅里见他是不是好：这个别墅的客厅因为有小吉兰达约①的壁画而见于游览指南，还有华贵的文艺复兴时代的家具和富丽堂皇的七星灯台，不过她觉得在这样一间正式的豪华的房间会见他未免一本正经，使人局促不安；倒不如在她老喜欢在傍晚时分坐着看野景的平台上等候他。这样比较随便些。假如他果真要向她求婚，那么，在室外，一边喝茶、一边啃着麦饼，彼此都可以自在一些。这背景既合适，又有恰如其分的罗曼蒂克的情调。花盆中种着橘树，大理石的坟墓四周开满五颜六色的野花。平台前面围着一圈陈旧的石栏，排列着一只只高大的石花瓶，两端各安着一座已经有些残缺的奇异风格的圣徒雕像。

玛丽在一张长藤椅上躺下，叫女仆尼娜备茶。另外一只椅子备着等待埃德加。天空中没有一朵云，下边远处的城市沐浴于六月午后明净柔和的光辉之中。她听见有辆汽车在开上来。不一会，西罗——伦纳德家的男仆，也就是尼娜的丈夫——引埃德加上平台来了。细长的身材，穿着一身笔挺的蓝哔叽西装，头戴黑色的荷姆堡式呢帽，他的模样又矫健，又神气。即使她不早知道，也猜得出他是个网球好手、好骑师、好射手。脱下帽子，露出浓浓的一头黑色的鬈

① 小吉兰达约（1483—1560）是意大利大画家杜门尼可·吉兰达约（1449—1494）之子，也是很有才华的画家。

发,几乎还没有一丝灰白。他的脸因为长期暴晒在印度的太阳里而发着紫铜色,瘦削的面颊,结实的下颏,尖尖的鼻头,两颗棕色的眼珠深陷在浓眉底下,闪射着机警的光芒。五十四岁吗?他看上去至多不过四十五岁。一个漂亮的男子,又正是在一生最旺盛的时期。他有威严,却不傲慢。他能激发起人们的信任。他这个人真能做到遇难不惑,逢事不乱。他不浪费时间谈空话。

“西费尔今儿早上来电话,一定要我去当孟加拉总督。他们已经决定,在目前形势下,他们不要从英国去找一个需要先熟悉了情况才能有用处的人,而要一个已经熟悉情况的人。”

“你当然接受啦。”

“当然。这个差使正是我最盼望的。”

“我真高兴。”

“不过有好些事情要讨论,所以我预备今夜到米兰,再从那边乘飞机去戛纳。我将离开两三天,真讨厌,可是西费尔偏偏急于要和我碰一碰面。”

“那也是很自然的。”

一丝悦人的微笑展开在他坚定的微薄的嘴唇上,眼睛里闪耀着温柔的光泽。

“你知道,我亲爱的,我将来的这个职位是很重要的。要是工作干得成功,那真是够荣耀的。”

“我相信你一定成功。”

“这个职位有许多工作要做,又有很大的责任。不过这正是我所喜欢的。当然也有相应的待遇。孟加拉总督的生活是够威风的,不瞒你说,这多少正合我的心意。住的是高楼大厦,几乎是一座皇宫。我将少不了常要举行宴会。”

她知道这句话将引到什么题目上去,不过她只装没有觉得,只是瞧着他,嘴角上浮现出同情的嫣然一笑。她感到愉快而兴奋起来。

“一个人担任这样的差使,少不了有一位夫人,”他继续说。“一个独身汉是难以应付的。”

她眼光显得异常坦率,随口回答道:

“我相信一定有许多合适的女性乐于来分享你的光荣。”

“我在印度待了差不多有三十年,的确私下也一直有你所说的那种想法。可惜天底下只有一个合适的女性才是我所梦想的呢。”

现在话题来了。她该说是呢,还是不?噢,天哪,要作这个决定真是难呀。他对她调皮地瞥了一眼。

“难道你不知道,自从你还是个披着短头发的孩子的时候,我就一直发疯一样地爱着你吗?”

对于这样的话怎么回答呢?只有爽朗地一笑了。

“噢,埃德加,你胡说。”

“你是我生平所看见的最美丽的人儿，而且又是最可爱的。我也自知没有这福分。我比你年长二十五岁，是你父亲的一辈。我直觉地疑心，你小孩儿的时候，准把我看做是一个可笑的老顽固哪。”

“从没有过，”玛丽不大老实地高声说。

“不过，你恋爱的对象是你自己一代的人，那也很自然。请你相信我，当你写信告诉我，说你将要结婚的时候，我是但愿你称心如意的。后来我晓得你其实不然，我真伤心。”

“也许马修和我结婚都太年轻了。”

“一年年光阴过得真快。我不知你现在还对我们俩年龄的相差看得像从前一样重要吗？”



这个问题多么难以回答，玛丽还是干脆一言不发，让他自己继续说下去。

“我一向注意保养身体，玛丽。我并不觉得年龄在大上去。问题是你不但不受到年龄的影响，反而一年比一年更漂亮了。”

她笑笑。

“你怎么有些紧张起来，埃德加？我从来想不到你会得紧张的，你是个刚强的人啊。”

“你这小妖怪。不过你说得对，我紧张；至于说刚强的人，那你该是最明白的，我在你的手中一直只是一团油灰。”

“你可是要向我求婚不是？”

“正是。你吃惊吗？诧异吗？”

“哪会吃惊？你知道，埃德加，我很爱慕你。我一向认为你是最了不起的人。你要跟我结婚，我真是太荣幸啦。”

“那么你愿意吗？”

她心里有种异样的疑虑。他的确很漂亮。做孟加拉总督夫人是激动人心的，享受富贵荣华，有副官们在旁听候使唤，多风光。

“你说要离开两三天吗？”

“至多三天。西费尔就要回伦敦去的。”

“等你回来了给你答复怎么样？”

“好。在这种情形下，我想这也是很合理的。不过，你该明白你自己的心理，我认为如果你已经明确这回答是‘不’的话，你就无需考虑了。”

“那倒是真的，”她笑道。

“既然如此，我们就这样吧。我看我此刻马上得走了，否则火车赶不上了。”

她送他上出租汽车。

“喂，你可曾对亲王夫人说过，你今晚不能去了吗？”

那天晚上本来他们俩要去参加桑·斐提南多亲王夫人的宴会的。

“说过了，我已经电话告诉她，我要离开佛罗伦萨几天。”

“你告诉她为了什么事情吗？”

“你总晓得她有多专横，”他恣情地笑笑。“她责骂我在最后一刻拆她的台，我没法子，只好把真情都直说了。”

“哦，那她将另找一个人来补你的缺的，”玛丽随口说。

“我想，既然我不能来接你，你该叫西罗送你去。”

“我不能。我已经对西罗和尼娜说过，让他们出去的。”

“我看你独个儿开了车子，深更半夜在这些荒凉的公路上走，很不安全。好在你将遵守你答应我的话吧？”

“答应什么？呃，这手枪。我以为这是十足的笑话，多斯加纳的公路和英国的公路同样安全。不过假如这样好使你放心的话，那我今夜准带着就是了。”

埃德加晓得玛丽最喜欢独个儿开着车子在乡间东兜西兜，同时他又有英国人的偏见，以为外国人一般都是危险的，所以他硬要借一把手枪给她，并且要她答应，除非专程开往城里去，否则她就必须随身带着。

“这儿乡间全是些挨饿的工人和没有半个小钱的难民，”他说。“除非我知道你在必要的时候能够自卫，我简直放不下心。”

男仆替他开车门。埃德加从口袋里拿出一张五十里拉的票子赏给他。

“西罗，我要出门几天。今夜不能来接你家太太，她乘车子出去的时候，一定要看她带好手枪。她答应我的。”

“是，是，先生，”仆人说。

# 二

玛丽在梳妆。尼娜站在背后全神贯注地观看着，不时主动提供些意见。尼娜在伦纳德家做了多年，会说一些英语，而玛丽在这别墅里住了五个月，也学会了好多意大利语，所以她们很说得来。

“你看我胭脂搽得差不多了吗，尼娜？”玛丽问。

“太太皮肤那么好看，我不知你干吗还要搽什么胭脂。”

“宴会上别的女人都搽得火红，要是我不搽一点，不要像死人一般吗？”

她披上漂亮的外套，把拣好的一件件零星首饰佩戴起来，然后在头上安上一顶小小的、有些滑稽，却是很时髦的帽子。原来这种宴会需要这样打扮。他们将去阿诺河畔一家新开的饭店，那儿的菜肴算是很好的，而且可以坐在露天，玩赏温馨的六月之夜，看皓月当空、对岸一片古屋的可爱景色。这位亲王老夫人在那儿赏识了一个歌手，认为他的嗓子非同凡俗，要她的宾客来听听他的歌喉。

玛丽拿起皮包。

“我走了。”

“太太你忘了带手枪。”

手枪搁在梳妆台上。

玛丽笑了。

“你这傻瓜,我有意要忘掉的。带了有什么用?我一生没开过一次手枪,我见到这东西就害怕得要死。我又没有执照,假使被发现了,又不知要招来多少麻烦。”

“太太答应好了先生要带的。”

“先生是个老傻瓜。”

“在恋爱的男人总是傻瓜,”尼娜用警句的口吻说。

玛丽把头转开,此刻她不高兴谈论这个话题。意大利仆人是很可取的,又忠诚又勤劳,可是你也不要自骗自地以为他们不晓得你的全部私事;玛丽知道尼娜一定非常高兴极其率直地跟她大谈这个问题。她把皮包打开。

“好吧。把这该死的东西放进去。”

西罗已经把汽车开过来。这是一辆小篷车,是玛丽在租下这别墅时购置的,预备在离去时随便什么价钱把它卖掉。她跨进车子,沿着狭窄的车道小心地驶去;出了大铁门,向一条蜿蜒的乡村小路上开下去,一直开上通向佛罗伦萨的公路。她开灯看看时间还早,便保持着悠闲的速度。

她心底里似乎最好不要去,因为她实在宁愿独个儿在别墅的平台上进餐。六月的黄昏,夜晚还未到来的时分,在那儿吃晚饭,饭后坐着静候夜之轻柔的气氛渐渐围将拢来,这种情景给予玛丽永不厌倦的喜悦。它给予她一种美妙的安宁之感，不是懒散的空虚的安宁，而是有生气的动人的安宁；她置身其间，头脑灵活，神经敏感。或许在多斯加纳清新的空气影响下，即使是物质上的感受也对你有精神上的作用。它正如莫扎特的音乐，是那么和谐，那么轻松，又伴随着一股忧郁的潜流，使你感到那样地满足，仿佛已经摆脱了肉体的羁绊。在这幸福的瞬息之间，只觉一切庸俗顿消，人生的纷扰已给融化在至善至美之中。

"我去也是傻的，"玛丽出声地自言自语，"既然埃德加不在，我应该婉言谢绝。"

然而这当然也是废话。不过，那个黄昏她确是巴不得能独自在家，静心把事情考虑一下。虽然她早已猜到埃德加的意向，可是在那天下午之前，一直没想到他会出口求婚，而在他出口之前，又从没有想到需要决定如何来回答。她原想听任当场一时的冲动来决定。可是他现在既说出了口，却使她更加心猿意马，拿不定主意了。但此刻她已经到了城里，马路上成群的行人，还有一连串的脚踏车，使她不得不把全部注意力集中在驾驶上了。

她到达饭店，发现自己已经是来得最迟的一个客人了。桑·斐提南多亲王夫人是美国人，已经过了中年，一头铁灰色的头发波纹烫得很深，风度显赫。她在意大利居留了四十年，一直没回过祖国；她丈夫是个罗马亲王，死了已经二三十年，她有两个儿子在意大利军队里服务，她没有多少钱，却天生一张泼辣的嘴，但是性情非常温厚。虽然她年轻时候怎么说都不能算漂亮——也许倒还是现在，凭她端庄的举止，俏丽的眼睛，和坚定的面容，反而比年轻时候见得好看些——可是据说她对于那位亲王却极不忠实；然而这并不影响她给自己所造成的崇高的地位；她认识每个她要认识的人，而每个人又都喜欢认识她。这次宴会中另外就是一对英国旅客——特累尔上校及其夫人，几个意大利人，和一个名叫劳利·夫林特的英国青年。这个人是玛丽耽搁在佛罗伦萨的这一段时间里认识而且很熟的。他确实对她献过一番殷勤。

“我得告诉你，我只是临时来补个缺的，”当玛丽跟他握手时，他这么说。

“他真是太赏脸了，”亲王夫人说。“我接到埃德加爵士的电话，说他需要到戛纳去之后，我就邀请他来，他特地爽了另一个约，到我这儿来的。”

“你是知道我真会爽了世界上任何人的约，来参加你的宴会的，亲王夫人。”他说。

亲王夫人冷冷地一笑，接着对玛丽说。

“我想我得告诉你，他在接受我的邀请之前，先要确实晓得我请了哪些客人。”

“我们能够承蒙不弃，真够荣幸，”玛丽说。

亲王夫人又给他做了一个含蓄的笑脸，这表情里面蕴藏着老荡妇的放荡——她既没有忘怀她荒唐的过去，又没有悔恨之意——同时又蕴藏着一个老于世故的女人的机敏，深信天下没有一个好人。

“你这坏家伙，劳利，我看连得你这张脸也不配，不过我们还是喜欢你。”

的确劳利的外相是不怎么样的。他体形还不错，可惜身材还不够常人的高，穿着衣服显得臃肿。他没有一点可以赞美之处；他有一口雪白的牙齿，可是这口牙齿不很整齐；他气色很好，可是皮肤总好像不大干净；他有一头好头发，可是既不黑，又不黄，是暗淡的棕色；他那双眼睛相当大，却是通常称作灰色的那种苍白的青色。他有副浮滑的腔调，一般不喜欢他的人都说他模样狡猾。大家都承认，甚至他最亲密的朋友也都承认，他是不可信赖的。他有一段臭名昭著的历史。他刚过二十岁的时候就逃奔出去跟一个已经跟别人订了婚的少女结了婚，三年后在一件离婚案中被人家控告为通奸的共犯，因此他的妻子便跟他离了婚，接着他又结婚了，而结果只两三年之后又把她抛弃了。他现在刚过三十岁。总之，他是个声名狼藉的青年，而且这坏名声也是咎有应得。你竟会说他简直是丝毫没有可取之处。那英国旅客特累尔上校，又长，又瘦，饱经风霜的样子，一张红色的瘦脸，一簇牙刷般的小胡子，模样怪庸懦的，真不懂亲王夫人怎样请他和他夫人来会见那么一个该死的坏蛋。

“我的意思是，他这种人，”——要是他旁边有人可以交谈的话，他会说——“正经的女人就不该请来跟他同坐在一间屋子里！”

幸亏大家在席面上坐下的时候，他看见他夫人虽然正好坐在劳利·夫林特旁边，却带着一副冷漠的不耐烦的表情在听他对她的敷衍客套。最该死的是，这家伙并不是流氓拆白之类；事实上，他还是他夫人的表兄弟呢；以家世而论，他比谁都不差，并且他有相当可观的收入。毛病就在于他从来也无需挣钱谋生。是啊，每家人家都有败类，不过这位上校不懂那些女人看中他些什么。他这么一个淳朴的英国人怎么能懂得劳利·夫林特所有的那种引诱力，而他跟女人往来一贯不忠诚、不道德的事实似乎反而增添他的魅力。无论一个女人对他怀有怎样的偏见，他只消跟她混上半个钟头就可以把她的心融化，一会儿她就根本不相信人家说他的一切坏话了。然而如果你问她看上了他的什么呢，她可又难以回答。他当然并不怎么漂亮，外表也毫无突出之处，看上去就像车行里任何一个机匠；他穿的漂亮衣服好像是工装，但他好像也并不在意外貌怎么样。这个人似乎对于什么事情都无所谓，即使对恋爱也是如此，这是最恼人的；他做得很明显，他在女人身上所要求的只有一桩事情，他的冷酷无情实在太使人受不了。但是他自有一种潜力会使你神魂颠倒——浮嚣的态度中寓有文雅，嬉笑之间有动人的热力,他又本能地把女人认为是人类之外的另一种生物,这尤其使女人觉得异样地受宠若惊;此外还有他嘴上显现的色情和灰眼珠儿的诱惑。这位亲王老夫人照例用她粗鲁的口吻说道:

"他确乎是个坏东西,一个十足的坏蛋,不过要是我年纪轻了三十岁,他叫我跟他私奔,我决不会有丝毫的犹豫,纵使我明知他一个礼拜就要把我丢掉,使我一生就此毁掉。"

但是亲王夫人喜欢席面上有共同的谈话,所以当她的宾客都坐定了时,她招呼玛丽说:

"今晚埃德加爵士不能光临,真是遗憾。"

"他也很遗憾。他需要到戛纳去。"

亲王夫人把桌上其余宾客吸引了过来。

"这是一个大秘密,所以我要求在座各位谁都不要向任何人泄漏,——他要荣任孟加拉总督了。"

"噢? 天哪!"上校喊了起来。"好一个美差!"

"这是突如其来的吗?"

"他早就晓得他是在他们考虑中的一个,"玛丽说。

"他担任这个职位真是恰得其所;那是没有疑问的,"上校说。"如果他干得好,我想将来他们把他提升为印度副王也是意料中的事。"

"在我想象中,天下没有比做印度总督夫人更称我心意的了,”亲王夫人说。

“那你为什么不嫁了他呢?”玛丽说。

“噢,他还没结婚吗?”特累尔上校夫人问道。

“没有。”亲王夫人向玛丽挖苦地掷了一个眼色。“不瞒你说,他这六个星期待在这儿,就一直拚命缠着我。”

劳利格格地窃笑,同时从他很长的眼睫毛底下向玛丽斜视了一眼。

“你已经决定嫁给他了吗,亲王夫人?因为要是你决定了,我看他就逃不了,这可怜的老呆子。”

“这真将是天作之合,”玛丽说。

她很明白亲王夫人和劳利俩都是在开她的玩笑,但是她只装没事。埃德加·斯威夫特已经在他和玛丽双方在佛罗伦萨的朋友面前相当明白地表示过他爱着她;而且这位亲王夫人也几次三番向她探听过事情进展的情况。

“不知你可喜欢加尔各答的天气,”上校夫人说,她对于什么事情都很认真。

“噢,我到了这个年纪,结婚就不喜欢真的天长地久,”亲王夫人答道。“你知道,我要及时行乐。我对劳利心里会那么动荡,就是这个缘故;他一直是动坏脑筋的。”

上校望着他面前的鱼在皱眉,那是不应该的,因为这鳔鱼还是刚才从米亚勒交弄来的;他妻子局促不安地笑了笑。

饭店里有班小乐队。队员们寒酸地穿着歌舞剧中的那不勒斯服装，他们演奏着那不勒斯歌曲。

亲王夫人忽然说道：

“我看我们此刻得听听那位歌手了。你们会给呆住的。他有一副确实惊人的嗓子，热情奔放。哈罗德·阿特金森真想帮他训练成一个歌剧演员。”她呼唤领班侍者。“叫那个唱歌的人再唱唱那天夜里我在这里吃饭时候唱的那支歌。”

“对不起，太太，他今晚不在。他生病。”

“真扫兴！我特地请我一些朋友来听他的。我请他们到这儿来吃晚饭就是为了听他唱歌。”



“他请了个替工，不过他只会拉小提琴。我去叫他表演一下吧。”

“我生平最讨厌小提琴，”她回答道。“我一辈子也弄不懂为什么有人要听用马尾巴擦着死猫肚肠发出的声音。”

这领班侍者虽能流利地说五六种语言，可是一种也听不懂。他还以为亲王夫人是说赞成他的提议，管自走到那拉小提琴的跟前，那拉小提琴的从椅子上站起身，一步步走来。他是个面容黝黑、身材瘦削的青年人，两颗骨碌碌的大眼睛里露着饥饿的光，满脸愁容。他那套怪诞的服装倒穿得有几分罗曼蒂克的情调，但是看上去他已经是饿得半死，光滑的面颊瘦得只剩一层皮。他演奏起他的歌曲来。

“他太差劲了，我可怜的乔凡尼啊，”亲王夫人对领班说。

这回他听懂了。

“他是不大好，亲王夫人。对不起。我事先不知道。好在那个唱歌的明天就要来的。”

乐队奏起另一个曲子，劳利趁机回头去跟玛丽说话。

“你今夜真漂亮啊。”

“谢谢你。”

他眨了眨眼睛。

“你知道我特别欢喜你哪一点吗？我特别欢喜你不像有些女人；人家说你漂亮，你并不假装不晓得自己漂亮。你老实承认，好像人家对你说，你每只手上有五只指头一样。”

“在我结婚之前，我就靠容貌过活。父亲死后，母亲和我单靠她的抚养金过日子。我一出戏剧学校，就派到角色，不就因为我幸亏天生这一副容颜吗？”

“我想你要是上银幕，准可以发大财。”

她哈哈大笑。

“可惜我毫无演戏的才能。除容貌外，什么也没有。也许我经过一段时期能够学得一点演技的，可是我结婚了，因此就脱离了舞台。”

仿佛一层轻轻的阴影笼上了她的脸蛋，她一时沮丧地回忆起过去的一切。劳利注视着她优美的侧面。她真是天生的尤物。她不仅是眉目秀丽，最使她显得美丽的是她那美妙的皮肤的颜色。

“你是一个棕色和金色的女人,”他说。

她的头发是浓烈的金色的,配着深棕色的大眼睛,皮肤泛着淡淡的金色。全靠她的色彩,否则她端正的五官会使她的脸容显得冷淡;她的色彩给予她无限妩媚的热力和生气。

“我认为你是我生平所见最美丽的女人。”

“你对多少女人说过这话呀?”

“许多。不过那也并不说明我此刻对你说的不是真话。”



她笑了。

“我也并不以为是假的。可是我们不要再谈这些了,好吗?”

“怎么?我觉得这话题特别有意思。”

“我从十六岁起,人们就一直说我美丽,所以这已经不大能够激动我了。美是我的一份资产,我要是不懂它的价值也太傻了。美同时也有它的害处。”

“你真是个有头脑的女人。”

“这恭维话听了才确实舒服。”

“我并没有恭维你的意思。”

“你没有吗?这种口气好像是我以前听惯了的开场白。这叫做‘给丑妇一顶帽子,给美人一本书’。你是那个意思吗?”

他一点也不觉得受窘。

“你今夜可不是有些儿尖刻吗?”

“你以为如此吗?那我很抱歉。我只想向你干脆表示:请你别再打什么主意。”

“难道你不知道我爱得你发疯吗?”

“恐怕不是发疯。这几个星期来你分明想和我胡闹一番。一个寡妇,又漂亮,又没有管束,独个儿在佛罗伦萨这种地方——这好像正好是你的目标。”

“你能怪我吗?到了春天,一个青年人的脑筋一下就动到恋爱上去,那也是很自然的。”

他的态度叫人无可奈何,而且又坦率得那么动人,玛丽只好笑笑。

“我不怪你。我的意思只是说你看错了目标,我不愿你浪费时间。”

“这是你的一片好心啰?事实上,我有尽多的时间可以浪费。”

“从我十六岁到现在,那些男人尽是向我求爱。无论哪一个,或老或少,或丑或美,他们的心目中好像你就单是为了满足他们的肉欲而存在的。”

“你从没有爱过任何男人吗?”

“爱过,一次。”

“谁?”

“我的丈夫。因为爱他,所以嫁了他。”

到这里,沉默了一会。亲王夫人突然插嘴进来,讲了一句什么,重又开始了席面上全体的谈话。

# 三

他们晚餐吃到很晚;过了十一点,亲王夫人才叫侍者把账单开来。当他们看来就要动身的时候,刚才拉小提琴的那个人捧着一只盘子走来。盘子里有别桌上的客人赏给乐队的几个硬币和几张小额的票子。他们这样收下来的就是乐队唯一的报酬。玛丽打开皮包。

"别忙,"劳利说。"我来给一点儿。"

他从口袋里掏出一张十个里拉的票子,放在那盘子上。

"我也要给一点,"玛丽说。她在别的票子上面放上一张一百里拉的票子。那个人仿佛给呆住了,向玛丽端详了一会,微微鞠了一个躬,退下去。

"干吗你给了他那么些?"劳利问她。"简直是胡来。"

"他琴又拉不好,模样又那么可怜。"

"可是他们决计不指望给这么些的。"

"我明白。那就是我所以要给这么些的缘故。这一百里拉对他可有多大分量。或者可以让他的生活完全变个样子呢。"

宴会上的意大利客人们各自乘自己的汽车开走了,亲王夫人请特累尔夫妇搭她的车子。

“玛丽,请你顺便送劳利回旅馆去吧,”她说。“他跟我不是一条路。”

“好吗,玛丽?”他说。

玛丽有些怀疑这是预先布置好的,因为她知道这淫荡的老太婆是多么喜欢拉拢人家的风流艳事,况且劳利又是她宠爱的。然而玛丽又不好意思拒绝如此合理的要求,只能回答说是当然高兴。他们俩坐进车里,沿着码头开去。团圞的月亮把他们的道路沉浸在皎洁的光波之中。他们不说什么话。劳利觉得她正在转念头,这念头里没有他的份,所以他也不愿去打扰她的思想。但当他们到了他的旅馆门口的时候,他说:

“今儿好美妙的夜晚啊:不好好欣赏,就去睡觉,未免可惜。再往前开一段怎么样?你不倦吗,玛丽?”

“不倦。”

“让我们开到乡下去吧。”

“这个时候开到乡下去,不太晚了吗?”

“你怕乡下呢?还是怕我?”

“都不怕。”

她继续往前开。沿着河流开去,不一会他们就到了乡野,路旁只有稀稀落落的一些农家小屋,间或稍微缩进一点,一幢白色的庄园住宅或高大的柏树在月光衬托下乌沉沉、静悄悄地兀立着。

“你准备嫁给埃德加·斯威夫特吗?”他突然问道。

她转眼望望他。

“你知道我在想着他吗?”

“我怎么知道?”

她顿了一顿,回答道:

“他今天动身之前要求过我。我对他说待他回来了给他答复。”

“那么你不爱他吗?”

玛丽把车速放慢了下来,似乎要说什么话。

“这是怎么说的?”

“要是你爱他的话,就用不到考虑三天,当场就答应了。”

“你的话不错。我是并不爱他。”

“可是他爱着你呢。”

“他是我爸爸的朋友,我从小认识他。他在我正需要关心的时候,非常关心我,所以我很感激他。”

“他准要比你大二十岁呢。”

“二十四。”

“你是不是被他能够给你的地位迷惑了?”

“大概是吧。你想,女人不是大多如此吗?毕竟我不是超人。”

“你以为跟一个你所不爱的人生活在一起有多大味

道吗?”

“但是我不要爱情。我已经尝够了爱情的滋味。”

她这句话说得非常激动,劳利不禁一愣。

“在你这年龄,说这话太稀奇了。”

他们现在已经开到老远的乡下,在一条狭小的公路上;晴空一轮明月普照大地。她停了车。

“你知道吧,那时候我发狂似的爱着我的丈夫。他们都说我何苦去嫁他,说他是个赌鬼,又是个酒鬼;我全不管。他是那么爱我,要我嫁他。他那时候很有钱,可是即使他一个钱也没有,我也会嫁他。你真不晓得他在那时候是多迷人——那么漂亮,那么活泼,又那么兴高采烈。唉,我们在一块儿真有趣啊!他有无限的活力。他是多么亲切,文雅,温柔——当他清醒的时候。当他醉了呢,他就胡闹,吹牛,下流,吵架,使我难堪之极,脸都没处放。我跟他发不起怒来,因为他过后总是深深懊悔;他不要喝酒;他单独跟我在一起的时候,头脑比谁都清醒;只是跟别人在一起,他就要发狂,两杯三杯一喝,就休想管得住他。在那些场合,我只好由他去,等他尽兴之后,才把他带走,最后把他弄到床上。我想尽办法要他改好,都没有用,都是徒然。我不相信酒鬼改得好。我弄得变成了护士和看管的人。我要管束他,他就大发雷霆,可是我不管他又怎么办呢?多为难啊,我不愿他把我看作只是个保姆之类的人,但我又不得不尽我的力量不让他喝酒。有时候,我忍不住跟他发火了,结果我们就大吵一场。

“你知道,他又是个可怕的赌鬼,酒醉之后,他会几百几百金镑地输掉。要不是他在那时候死去的话,他准已倾家荡产,我势必重上舞台去养活他。现在我总算每年还有几百金镑的收入,还有当初结婚时,他给我的一些零星珠宝首饰。

“有时他会整夜不回家,我知道他又糊涂了,随便拉着一个女人鬼混去了。起初我妒忌、痛苦,简直要发疯。但是到最后我反而宁愿由他去,因为否则的话,他回来了就跟我纠缠,满嘴酒气地喘吁着蜷缩成一堆,面容变了样;我知道他这狂烈不是爱情,而是酒——就是酒。我,还是别的女人,对他毫无区别;他的吻使我作呕,他的欲使我害怕,是对我糟蹋。当他满足了他的兽欲,他就呼呼地打着鼾,醉沉沉地睡去了。

“你听了我说已经尝够了爱情的滋味,你觉得诧异吧?唉!这些年来,我只知道爱情的羞辱。”

“然而你干吗不离开他呢?”

“叫我怎么能离开他呢?他是那么少不了我。随便发生什么事情,有什么困难,或者生了病,他总是找着我给他帮忙。他好比小孩儿似的离不开我。”她的声音变了。“他碰到那些情况的时候,完全无可奈何,使我心疼。尽管他对我不忠实,尽管他瞒着我酗酒,尽管有时我惹火了他,他恨我,但是他心底里始终爱我,他知道我决不会不顾他,他也知道要不是我,他早已彻底完蛋了。他一喝醉酒,就不像个人,所以他没有好朋友,所有的就是那些依靠他、敲诈他、盗骗他的一群无赖;他晓得我是天下唯一管他死活的人,同时我晓得在他和他的彻底堕落之间只有我这一个人,所以当他在我怀里——死去的时候,我的心碎了。"

眼泪从玛丽的脸上流下来,她也不勉强屏住。劳利心想也许让她痛哭一场倒好舒一舒她心头的悒郁,因而他静坐着,一声不响。他随手点起了一支香烟。



"也给我一支。我太激动了。"

他从烟盒里拿出一支香烟,递给她。

"我要手绢儿。在我皮包里。"

皮包在他们两个的中间;当他打开皮包,替她找手绢的时候,他出乎意料地摸到了一支手枪。

"你这儿带了手枪干吗呀?"

"埃德加不放心我独个儿开车子东跑西跑。他要我答应随身带着这东西。我知道这是无聊的。"劳利提出这个新的话题倒无形中帮助她恢复了自制。"我不知一时怎么会如此感情冲动起来。"

"你丈夫是几时去世的?"

"一年前。现在我倒觉得他幸亏死了。我现在明白,那时我跟他的生活真是痛苦,而且他的前途只有绝对的悲惨。”

“他不是死得太年轻了吗?”

“他是车祸丧生的。他喝醉了,在崎岖的公路上开到一小时六十英里的速度,横冲直闯,结果闯了祸。他几个小时就死了,亏得我总算还能赶到。他最后的遗言是:我始终爱你,玛丽。”她叹了口气。“他的死使我们两个都得到了解脱。”

接着他们俩坐着默默地抽烟。劳利在第一支烟的烟蒂上接上了第二支。

“你难道相信,嫁给一个对于你毫无意义的人,不会同样使你自己受苦吗?”他说,仿佛他们的谈话没有间断过。

“你跟埃德加很熟吗?”

“他在这儿绕着你打转的这五六个星期来,我常常和他见面。他是个帝国建造者;对于这一类人我是从来不感兴趣的。”

玛丽格格地好笑。

“我也知道你不会感兴趣。他坚强,他聪明,他可靠。”

“一句话,他恰巧跟我相反。”

“能不能暂时别把你牵在一起?”

“好。那你就继续说他的美德吧。”

“他和蔼,体贴。他有大志。他干过大事,而且将来还要干更大的事。或许我还能对他有所帮助。我对你说我也希望在世界上有所贡献,你听了一定认为是废话吧。”

“你对我的印象不太好吧,玛丽?”

“不太好。”玛丽暗笑着说。

“我不懂为了什么。”

“如果你喜欢懂得的话,我就跟你说吧,”她冷冷地说。“因为你是个花花公子,是个无聊的人。因为你只知享乐,只想有越多越好的痴心女人来上你的钩。”

“我认为你把我说得非常确切。我够幸运地继承得一项收入,使我无需去挣钱谋生。你想我应该去找个职业,从一个需要职业的穷人嘴里抢走他的一份面包吗?我的意思是,我只有这一世的人生。我极喜欢生活。我总算靠天之福,能够为生活而生活。我若不充分利用我的机会,那不是傻瓜了吗!我喜欢女人,而且奇怪得很,女人也喜欢我。我年轻,我知道青春不会常在。趁我正有这机会的时候,干吗不尽情享乐呢?”

“你跟埃德加真是再好没有的对比。”

“我承认。也许跟我在一起生活倒自由自在。我这儿当然比他有味儿得多。”

“你忘了埃德加要和我结婚。你说的只意味着临时的玩意。”

“你怎么知道?”

“哦,首先,你是已经结了婚的。”

“你这就错了。我在两个月前已经离婚了。”

“你很保密哪。”

“自然。女人对于婚姻有很可笑的观念。不存在婚姻方面的问题,事情方便得多。现在我们的话已经说得很明白了。”

“我明白你的意思,”玛丽微笑着说。“你为什么要把这罪过的秘密泄露给我听呢?你的意思是假如我守本分而又能给你满意的话,你将赏赐我一只结婚戒指吗?”

“宝贝,我也是聪明人,知道你不是呆子。”

“你不用叫我宝贝。”

“咦,我是在向你求婚哟。”

“是吗?为什么?”

“我想这个念头不坏。你以为如何?”

“讨厌。你怎么会想起这个念头来?”

“就这么自然想起来的。你知道,当你告诉我关于你丈夫的事的时候,我忽然觉得非常喜欢你。喜欢固然不等于爱,可我确实也爱上了你。我对你感到有无限的深情。”

“我请你别说那些话吧。你是魔鬼,你似乎本能地懂得该说什么话来感动一个女人。”

“我实情感觉如此,才说得出来的。”

“呃,别说了吧。幸亏我有冷静的头脑和幽默感。让我们回佛罗伦萨去吧。我送你到旅馆门口。”

“你意思是说,你的回答是‘不’吗?”

“正是。”

“为什么?”

“我相信你一定要惊奇:我一丝一毫也不爱你。”

“我并不惊奇。我早知道,不过你若试着和我往来往来,你自会爱我的。”

“你倒是谦虚哪。我可不要试着和你往来。”

“你已经决定嫁埃德加了吗?”

“是的,我现在决定了。多谢你让我跟你谈话。找不到一个人谈谈,才伤脑筋哪。你帮助我打定了主意。”



“我简直是莫名其妙。”

“女人的思路跟你们男人不同。你所说的一切,我所说的一切,以及我跟丈夫在一起时候的种种回忆,这苦痛,这屈辱——在这一切面前,埃德加就像一座大山岩般地挺立着;他是何等坚实,何等稳固。我知道我能够信赖他;他永远不会辜负我,不可能辜负我。他给我保障。我此刻对他有无比的好感,竟好像就是爱。”

“这条路太狭,”劳利说,“车子掉头,可要我来替你把方向盘?”

“多谢你,我完全会把好自己车子的方向盘的,”她答道。

他说的话使她有些恼火，倒不是因为有小看她的驾驶技术的意思，而是似乎使她前面所说的话像是唱高调。他暗暗好笑。

“这边一条沟，那边又是一条沟。无论把我跌进了哪一条里，都叫我好看了。”

“别嚼舌头了。”她说。

他点上一支烟，看着她向前驾驶，用尽全身气力转动车轮，煞车，再开动引擎，倒扳排挡，小心翼翼地打倒车，弄得一头大汗，终于把车子掉头，开上回去的路。她一路默默地开着，直到旅馆门口。这时时间已经很晚，旅馆门也关了。劳利不起身下车。

“到了，”玛丽说。

“我知道。”

他呆望着前面默坐了一会。她向他表示疑问地瞧了一眼，他笑了笑，转过身来朝着她。

“你是傻瓜，亲爱的玛丽。我知道，你拒绝我了。那也罢了，虽然我敢说我若做你的丈夫，要比你想象的好。可是你偏要去嫁一个比你自己大二十五岁的人，真是傻瓜。你几岁？至多三十吧。你不是一根木头。只消看你的嘴，看你眼睛里那一股热力和你身体的线条，就看得出你是个热情奔放的女人。噢，我知道你受了重大刺激。可是在你这年龄，这些个一下子就过去了；你将重堕情网。你以为能够抛却你的人的本能吗？你那美丽的身躯就是为爱情而存在的，你无从否认。你这般年轻怎么关得住生活的门呢？”

“你叫我讨厌死了，劳利。你说来说去，仿佛人生唯一的就是床上的事。”

“你从来没有过一个情夫吗？”

“从来没有过。”

“你丈夫之外，一定还有许多男人爱着你呢。”

“我不知道。有些人说过他们爱我。谁在意过他们？我不能说是抵挡得住诱惑；我根本没有感到诱惑。”



“哎，你怎么能够辜负你的青春和美丽呢？它们存在的时间多么短暂啊。有了财富不用，要它做啥？你是个好人，而且气量大。你难道从不曾有过布施你的财富的心愿吗？”

玛丽沉默了一会。

“要我来告诉你听吗？恐怕你会觉得我比你想象的还要傻呢。”

“很可能。不过，还得请你说给我听听。”

“我要是不知道自己比一般女人美，那我真是傻子了。真的。确实有时候我想我是可以给出一点什么，而使受惠的人觉得非常了不得的。这话听来不是太自负了吗？”

“不。这倒是实情。”

“近来我空闲得很，大部分空闲的时候总是胡思乱想。果真我要找个情夫的话，我也不要像你这样的人。可怜的劳利,像你这样的人最不是我的对象。然而我有时候想,要是一旦我遇到一个贫穷、孤独的不幸的人,那人在人生中没有半点的欢乐,也不知道任何金钱所能买到的享受——而要是我能给他一种绝无仅有的享受,给他享受一刻过去梦里也没做到过、往后也决不会再有的绝对的欢乐,那我就把我所有的一切都愉快地给予他。"

"我出了娘胎从没听见过这样的怪念头!"劳利嚷起来了。

"好,现在你知道了,"她干脆地说。"那就请你下车,让我开回去吧。"

"你独个儿没问题吗?"

"当然没问题。"

"那么,再会。你去嫁你的帝国建造者,见鬼去吧。"

# 四

玛丽的车子穿过佛罗伦萨寂静的街道，沿着刚才她来的公路，向她的别墅所在的小山顶上开去。山很陡，曲盘的山路尽是些马蹄形的转弯。在约莫半山的地方有个半圆形的平台，竖着一棵高大的古柏，前面是一排栏杆，从平台上可以眺望佛罗伦萨的大教堂和一座座的楼阁。玛丽被这美丽的夜色所吸引，停下车子，跨出车来。她走到平台边上远望，只见茫茫无片云的天空中明月高照，山谷沉浸在一片如水的月光之中——多美呀，她的心里给激起了一阵悲伤的震颤。



突然，她发觉柏树的阴影底下有个人站着。她看见那人的香烟火光。他向她走来。她有些害怕，可并不表露出来。他脱下帽子。

“对不起，请问你就是刚才饭店里那位慷慨的太太吗?”他说。“我真要谢谢你。”

她认出他了。

“你就是拉小提琴的。”

他已经换掉那套怪诞的那不勒斯服装，穿着一身难以形容的衣服，又破旧，又肮脏。他英语说得不错，只是有一点外国口音。

“我欠了房东太太的房饭钱。房东他们待我很好，但是他们穷，他们需要这个钱。现在我可以还给他们了。”

“你在这儿干吗？”玛丽问。

“我一路回家，在这里停下来欣赏夜景。”

“那么你就住在这附近吗？”

“我就住在你别墅不到一点那边一所小屋子里。”

“你怎么知道我住那儿的？”

“我见过你乘着汽车经过。我知道你那儿有个漂亮的花园，屋子里边还有壁画。”



“你进去过吗？”

“不，我怎么进去。是那些农民告诉我的。”

玛丽已经消释了她刚才一时间所产生的惊慌。他原来是个谈吐文雅，有些怕羞的青年；她回忆起他在饭店里的那窘迫的模样。

“你要去看看我的花园和壁画吗？”她说。

“那真是求之不得。几时方便呢？”

劳利和他突如其来地向她求婚使她好笑，又使她兴奋。所以她还不想睡觉。

“就现在不好吗？”她一时冲动地说。

“现在？”他重复一声，有点惊奇。

“现在不好吗？这花园没有比在团圞月下更美了。”

“那我真是不胜欣幸了，”他一本正经地说道。

“跳进我的车子来。我带你上去。”

他在她旁边的位子上坐下。她继续向别墅的路上开去，经过一群挤在一起的小屋子的地方。

“我就住在那儿，”他告诉她。

她把车子开慢，望着那些破旧的小屋，若有所思。这些屋子污秽不堪。她向前开去。不一会儿他们到达了别墅大门口。大门开着，她开进去。

她把汽车停放好，两个人沿着狭小的车道走来。主要的房间和玛丽的卧室都在三层楼上，楼梯非常豪华。她开门，开了电灯。门厅里没什么好看的，她把这青年人一直领进墙上画画的会客室。这是一间华贵的房间，别墅的主人布置着精美的古董家具。大花瓶里的花儿似乎给房间减轻一些严肃的气氛。壁画已经有些损坏，修补得又不大高明，但是画中那些穿着十六世纪服装的人物还是使整个壁画显得绚丽夺目。

“妙极啦，妙极啦！”他叫了起来。“我从没有想到在博物馆之外也能够看到这样的东西。我总以为私人是不可能拥有这些的。”

她看他这样欢欣，心里不禁震动。这间屋子里没有一只你可以舒舒服服坐的椅子，而且脚下是大理石铺的地面，头上是拱顶，除了在大热天之外，你要冷得发抖呢——这些她想没有对他说的必要。

“这全是你的吗?”他问。

“噢,不。这是我朋友的。他们出门了,把这所房子租给了我。”

“遗憾。照理你美丽,你应该拥有这美丽的一切。”

“来,”她说,“先喝杯酒,然后我们就去花园里看看。”

“不,我还没有吃晚饭,酒要冲上头脑里去的。”

“为什么不吃晚饭?”

他像小孩子一样若无其事地大笑了。

“我没有钱哪。可是没关系,我明天吃。”

“那可不行。到厨房来,看有什么你现在可以吃的。”

“我不饿。这儿比吃的东西更好。让我去看看月光下的花园吧。”

“花园总在那儿,月亮一下子也沉不下去。我先来给你吃点晚饭,然后你再去看你要看的一切。”

他们一同到厨房里。厨房很大,石块的地面,宽阔的老式灶头,够你烧五十客菜肴的。尼娜和西罗早已上床睡着了,厨子也回到山腰里的小屋里去了。玛丽和这陌生客人俩在那里寻找吃的,好像觉得自己是一对夜贼。他们寻到了面包和酒、蛋、咸肉,还有白脱油。玛丽打开了伦纳德家所装的电灶,开始一片片地烘面包,并且拿蛋打入煎锅里做炒蛋。

“切几片咸肉，”她关照那青年说，“我们来炸一炸。嗳，你叫什么名字？”

他正一手拿着咸肉，一手握着刀，听见问他姓名，连忙做了个立正姿势。

“卡尔·利希脱，学美术的。”

“噢，我还当你是意大利人呢，”她一边打蛋，一边随口说道。“听你这名字像是德国人。”

“我是奥地利人——当奥地利还存在的时候。”

他的声调很忧郁，这使玛丽向他疑问地瞧了一眼。

“你怎么说英语？你去过英国吗？”



“没去过。英语是我在中学里和大学里学的。”忽然他又微笑了。“你会做这个，真稀奇。”

“会做什么？”

“做菜。”

“要是我告诉你，我本来就工作过，不但会给自己做菜，还不得不做呢，你听了诧异吗？”

“我没法相信。”

“那么你相信我是一生都过着奢侈的生活，有一大批仆人侍候我吗？”

“是的。就像神话里的公主。”

“那么对了。我能够炒蛋、煎咸肉，原来是我在受洗礼时候那神仙教母赐给我的一种天赋吧。”

一切准备好，他们把菜肴放在一只盘子里，由玛丽领前，一同到餐室里。这房间很宽大，天花板上画着花，两端悬帷帐，旁边墙上装着飞金的木刻大烛台。他们隔着大餐桌，在高大、庄严的椅子上对面坐着。

"我穿着这样寒酸的破烂衣裳，真不好意思，"他笑嘻嘻说。"在这间富丽堂皇的屋子里，我该穿着华丽的绸缎、丝绒，像个古画里的骑士才相配。"

他衣衫褴褛，鞋子打着补丁，领口摊开着，衬衫领子已经发了毛。他不打领带。他的眼睛在餐桌上高照的烛光底下显得特别黑而凹陷。他一头黑发修得短短的，显得异样，颧骨高耸，两颊深陷，脸色苍白，一副疲惫的样子看着可怜。玛丽心想，倘若他化装起来，譬如说穿起了乌菲齐博物馆里布隆齐诺[①]画中那些青年王子的服装，该多美。

"你几岁？"她问他。

"二十三岁。"

"年轻就是最大的幸福。"

"年轻而生不逢辰，有什么幸福？我生活在地狱里，而又不得超生。"

"你是艺术家吗？"

他哈哈笑了。

① 布隆齐诺（1503—1572），意大利肖像画家。

“你听过我演奏，还问我吗？我并不是拉小提琴的。我从奥地利逃亡出来，先是在一家旅馆里找到了一点工作，可是后来旅馆生意不好，把我歇了。我干过些零活，可是一个外国人，护照手续又不全，要找零活干也难啊。我有拉小提琴的机会，就拉一下，勉强维持生活，但这个机会也不是每天都有的。”

“你为什么一定要离开奥地利呢？”

“我们有些学生反对德国兼并奥地利。我们要组织反抗。这当然也愚蠢。我们是没有成功的希望的。唯一的结果是我们之中有两个人被枪毙了，其余的被抓进了集中营。他们要关我六个月，但是我逃了出来，翻山越岭，逃到意大利来了。”



“这听来怪可怕的，”玛丽说。

这句话既没有分量，又不太恰当，可是她又想不出旁的话好说。他对她带着讥讽地一笑。

“不只是我这么一个，你知道吧，现在世界上有千千万万像我这样的人。无论如何，我是自由了。”

“可是你打算今后怎么样呢？”

他脸上现出失望的神气，想要回答。然而他做了一个无可奈何的手势，只是笑笑。

“现在且别使我想起那个。让我享受这宝贵的一刻吧。这是我生平空前的一刻。我要享受这一切，使得我今后无论遭遇到什么，能有这么一个回忆永远珍藏在我的心里。”

玛丽奇异地凝视着他，仿佛听得见自己心脏的跳动。她先前无聊中跟劳利说的那非非之想原来只能算是笑话，她知道当真这个时刻到来的时候，她一定会畏缩的。现在，这个时刻到来了吗？她觉得异乎寻常地无所顾忌起来。她平时不多喝酒；她刚才陪他喝的强烈的红酒冲上了头脑。此刻她坐在那间往事如云的宽广的房间里，面对着这青年人的愁苦的脸，心中莫名其妙地动荡起来。时光早已过了半夜。窗口吹来的风又香又热。玛丽在兴奋中感到恍惚，她的心似乎在胸怀里融化了，血液似乎在脉管里狂乱地奔流。她突然抽身从桌子旁站起来。

“现在我领你去花园里瞧瞧，然后你得回去了。”

从这有壁画的大房间到花园去很方便，她领着他走去。在半路上他看见靠墙有一只精致的妆奁箱，停下来瞧瞧，后来又看到了留声机。

“留声机在这样的环境里多奇怪啊！”

“我独个儿坐在花园里的时候，常开来听听。”

“我现在可以开吗？”

“开好了。”

他开了。凑巧开到一张施特劳斯的圆舞曲唱片。他高兴得叫了起来。

“维也纳。这是一曲我们心爱的维也纳圆舞曲。”

他睁着炯炯发光的眼睛望着她。他脸上变了样。她本能地晓得他心里想请求她什么,同时又看到他没有勇气说出口来。她微微笑笑。

“你会跳舞吗?”

“会,我会。我舞跳得比拉小提琴好。”

“让我看看。”

他用手臂操着她的身子,两个人深更半夜在那豪华空旷的房间里随着那维也纳音乐家醉人的旧时的曲调翩翩跳起华尔兹来。然后她牵着他的手,带他往外到花园里去。花园在白天日光照耀之下有时呈现一种空虚的气氛,如同一个被人热爱的女人失去了她的妩媚;但是在团圈的明月照着剪修得整整齐齐的树垣和那些古树、照着假山洞和草地的时候,这花园的景色真是幽美动人。无数岁月消逝了,你徘徊在这里觉得自己是处身在一个新鲜的、年轻的世界里,本能失去了顾虑,一切都变得无所谓。轻松的夏天的空气里洋溢着夜间白色花朵的芳香。



他们俩手挽着手默默散步。

“多美啊,”最后他低声说,“美得几乎叫人受不住。”他引用了歌德的《浮士德》中浮士德终于心满意足而唱出的著名诗行,祈求飞逝的流光停留下来。“你在这儿一定非常快乐。”

“快乐,”她微笑了一下。

“我真高兴。你又亲切，又善良，又慷慨。你应该快乐。我想你在这世界上所要的一切都有了。”

她格格地暗笑。

“至少我有名分企求的一切都有了。”

他叹了一口气。

“我愿在今夜里死去。从此以后我再不会重逢这非凡的一切了。我将怀念一辈子。我将永远怀念这个夜晚，怀念你的美的形象，怀念这个可爱的地方。我将永远把你当天上的女神，想望你，向着你祈祷，当你是圣母。”

他把她的手抬起到他嘴唇边，窘迫得令人可怜地微微鞠了个躬，吻了一吻。她轻轻抚摸着他的面颊。忽然他跪了下去，又吻着她的衣角。一阵兴奋占据了她的全身。她用双手捧着了他的头，凑到她嘴边，吻他的眼睛，吻他的嘴。她这动作里寓有严肃和神秘。她感到一种新奇的感觉。她的心窝里充满着爱的仁慈。

他站起身来，热烈拥抱着她。他是二十三岁。她不是受他祈祷的女神，而是给他占有的女人。

他们俩一同回到了那寂静的屋子里去。

# 五

屋子里没有开灯，可是窗户开着，月亮光从窗外照来。玛丽坐在一张古老的直背椅子上，那青年坐在她脚跟前，头倚在她的膝上。他吸着香烟，香烟火在黑暗里耀着红光。

她问他，他便原原本本告诉她。他父亲从前在陶尔斐斯①政权下奥地利一个小城市当警察局长，在那动乱时期，他曾经严厉镇压过几次扰乱治安的骚动。在矮小的农民出身的陶尔斐斯总理被刺之后，舒什尼格上台，我父亲凭着他坚定的态度仍旧保持着他的位置。他赞成鄂图大公复辟，因为他认为这才是使他衷心热爱的奥地利免于被德国并吞的唯一办法。在随后的三年时间里，因为他坚决抵制奥地利纳粹分子的卖国行为而遭到他们极度仇视。就在德军长驱直入这个没有抵抗的小国的那个悲痛的日子，他对着心口开枪自杀了。

那时他的孩子——年轻的卡尔正快毕业。他是专修美术史的，却预备当个教员。当时毫无办法，他满怀愤慨，站在群众当中，听希特勒在凯歌声中进入林兹后，在市政府阳台上发表演说。他听奥地利同胞喊哑了喉咙向着他们的征服者欢呼。但是这种热情随即幻灭；其中有些勇敢的志士集合拢来组织了一个秘密社团，准备使用一切可能的手段，与外来的政权进行斗争。他们得到了许多同志。卡尔就是其中一个。他们开着自以为是秘密的会议。他们的组织、谋划都不周密；全都还是孩子，做梦也想不到他们的每一个行动、每一句话，都有人报告到秘密警察总部去。有一天，他们全部被逮捕了。枪毙了两个，这是杀鸡给猴子看的，其余的全被送进集中营。卡尔关了三个月逃出来，幸亏能够越过边境，到了意大利的提罗尔。他没有护照，也没有任何证件，原来这些早已在集中营里被搜去了，所以他一直生活在恐惧之中，因为一被抓住，不是当流氓关进监牢，就是押送到德国，去受严厉的刑罚。

"要是我有钱买支手枪的话，我早已跟父亲一样自杀了。"

他拿她的手按在他胸部上。

"这里，第四根和第五根肋骨之间。就是你手指按着的地方。"

"别说那种话，"玛丽心中一愣，把手缩了回来。

他对她苦闷地一笑。

"你不知我有多少次眼望着阿诺河，心想不知几时我将只有往那里一跳。"

---

① 陶尔斐斯(1892—1934)，奥地利政治家，一九三二年任总理，至一九三四年被刺。

玛丽深深叹了口气。他的命运竟如此悲惨,她说什么安慰的话都是徒然。他紧捏着她的手。

“不用叹息,”他温柔地说。“得有今天的良宵,一切都是值得的,我死也甘心了。”

他们停止了谈话。玛丽头脑里盘旋着他的惨痛的故事。有什么办法呢?她能怎么样呢?给他钱吗?那也许可以帮助他一个短时期,但也只是一个短时期而已。他是一个浪漫气质的人,他那慷慨激昂的口气就是只知书本、不知人生的孩子的口气——尽管他阅尽沧桑。很可能,他会拒绝她的任何帮助。忽然一声鸡叫。那声音尖锐地刺破夜的沉静,把她吓了一跳。她把自己的手从他的手里松了出来。

“现在你得走了,我亲爱的,”她说。

“还不,”他叫了起来。“还不,我的爱呀。”

“天快要亮了。”

“还早得很哪。”他爬起身子跪着,双手抱住了她。“我爱你。”

她摆脱了他。

“不,你一定得走了。时候已经那么晚。请你走吧。”

她看见——或者只是觉察到他嘴唇上舒展着一朵甜蜜的微笑。他站起身来,找寻自己的上装和皮鞋。她开了一盏灯。他穿好衣服,重又把她抱在怀里。

“我的小宝贝,”他低声叫唤道。“你使我快活极了。”

“我很高兴。”

“你使我的人生有了意义。我有了你,就有了一切。让未来自然发展吧。人生并不是那么恶劣的;总会有转机。”

“你永远不会忘记吗?”

“永远不会。”

她把嘴唇凑上他的嘴唇。

“那么,再会吧。”

“几时再会呢?”他热情地咕哝道。

“永远再会,我亲爱的。我就要离开此地——三四天吧,我想。”她好像很难说出她要说的话。“我们永远不能再见了。你得知道,我不是没有牵挂的人。”

“你嫁人了吗?他们对我说,你丈夫已经去世了。”

要说谎实在也容易。她不知怎么说不出口来。她含糊地说道:

“你以为我说不是没有牵挂的人是什么意思?我告诉你,我们绝不可能再相会。你总不愿意毁了我的一生吧?”

“可是我一定要再和你相会。再一次吧,就这么一次吧。否则我会死的。”

“我亲爱的,别这么不讲理。我对你说了,这是不可能的,我们此刻分手,就是永远分手。”

“但是我爱你呀。你不爱我吗?”

她犹豫了一会。她不愿太冷酷,但她想在这时刻又不得不说老实话。她摇摇头,微微一笑。

“不。”

他呆瞅着她,似乎听不懂的样子。

“那么你干吗跟我要好呢?”

“你孤独,你苦恼。我要让你有一会儿的快乐。”

“呃,好残酷啊!残酷得可怕!”

她的声音都变了。

“别这么说。我并不存什么残酷的心。我的心里是充满着仁慈和怜悯。”

“我并没有求你发慈悲。你干吗不由我去呢?你把我带到了天上,现在又要把我掷回到地上。不。不。不。”

当他大声向她叫嚷的时候,仿佛他的身躯都高大起来了。他的愤怒中带着悲痛。她有所感动。她想不到他会得这样想法的。

“或许我太愚蠢了。”她说。“不过我决不是有意要伤你的心。”

此刻他眼睛里没有爱,只有冷漠阴郁的怨恨。他那苍白的脸变得更苍白了,简直像一张死人的面具。这可使她惊慌了。她到这时候才晓得自己是做了怎么样的荒唐事。仆人们睡得很远,即使她放声叫起来,他们也听不见。疯了,她刚才真是疯了!现在只有保持镇静,不要让他看出了她的恐惧。

“我真抱歉，”她支支吾吾地说。“我并不是存心要使你伤心。要是我能够补偿的话，你要什么都可以。”

他狠狠地皱起眉头。

“你打算怎么样？给我钱吗？我不要你的钱。你这里有多少钱？”

她拿起放在梳妆台上的皮包，伸手进去的时候，摸到了那支手枪。这使她心里一跳。她生平从没有开过手枪。唉，怎么想到会开起枪来——没有的事。可是，多谢上帝，她有这个东西。亲爱的埃德加，毕竟他不是那么个老糊涂。一个不相干的念头闪过她的脑膜，她想老头儿逼着她带这个东西决计不是预备她陷于这样的处境的。即使在这个时刻，想到这里仍使她好笑，她恢复了自制。

“我这儿有两三千里拉。这也足够你到瑞士去的。到了那边，你可以安全得多。相信我，我不会在乎这几个钱的。”

“当然不在乎。你有的是钱，可不是吗？你有够多的钱来付你一夜欢乐的代价。你的情人们一向都要你支付代价吗？假如我要钱的话，你以为几个里拉够了吗？我要拿你刚才戴着的珍珠，还有刚才戴着的手镯。”

“你也拿去好了，只要你要。这些东西我全不在意。都在梳妆台上。你拿吧。”

“你这坏女人。你竟以为每个男人都可以花笔代价甩掉吗？你这蠢货，要是我把钱看得那么重，我早就投靠纳粹了。我也用不着做流亡者了。我用不着挨饿了。”

“老天啊，教我怎么使你了解呢？我原想对你行一个好，可你却似乎以为我害了你。你有损害，我得赔偿。果真是我得罪了你，果真是我伤了你的心，那得请你饶恕。我的本意可是对你做件好事。”

“你胡说。一个无聊、淫荡、卑鄙的女人。我不知你一生做过什么好事？你到处寻求刺激、寻求新鲜，一切的一切都为了排遣你的无聊，全不管你使别人受到什么伤害。然而这一回你可弄错了。把一个陌生人带进屋子里来是够危险的。我方才以为你是个女神，而实际你只是个娼妓。或许我把你勒死，也好使你不能再像害我这样去害别人。我可以杀死你，你知道吧。谁会疑心到我？谁看见我进这屋子来的。”

他向着她走前一步。她吓坏了。他的模样狠毒、怕人。他那瘦削的脸因愤恨而抽搐着，那双深陷的黑眼珠里露着凶光。她竭力自制。她手里仍旧捧着那只皮包；她突然抽出手枪，对准了他。

“你要是不立刻走，我就开枪！”她喝道。

“那就开吧。”

他又向她逼近一步。

“要是你再走近一寸，我就开枪了。”

"开。你以为生命对于我有什么意思吗?你倒替我摆脱了一个受不了的负担。开吧!你开了,我就饶恕你一切。我爱你!"

他的脸变了样。阴郁的怒火全消失了,大大的黑眼珠里闪着欢欣的光芒。他直向她走来,仰起了头,摊开双臂,挺起胸膛给她作靶子。

"你可以说有个贼撬进你房里来,你把他打死了。快,快。"

她松手让手枪掉在地上,把身子倒在一张椅子上,遮着脸痛哭起来。他对她望了一会。

"你没有这勇气吗?可怜的孩子。你是多么愚蠢,愚蠢得可怜啊。你不要再像玩弄我这样去玩弄别的男人了。来。"

他伸手去抱住了她,要把她抱起来。她不知他要怎么样,只是拉住了椅子,仍旧苦苦地啜泣着。他猛击她的手,她痛得大哭起来,不由自主地松了手。他趁势敏捷地把她抱了起来,抱到房间那一头,粗暴地把她丢在床上。他扑下身去,睡在她身旁,拥抱住她,在她脸上到处亲吻。她要挣脱,但他不放松她。他很强壮,比他外表的模样要强壮得多,所以她在他的紧抱之中,无法挣扎。终于她不动了。

过了几分钟,他爬起身来。她瘫倒了。他站在床边低头瞧着她。

“你叫我不要忘记你。我将忘记,而你却忘不了。”

她一动不动,瞪着惊恐的眼睛望着他。他冷酷地一声哈哈大笑。

“不用怕。我不会伤害你。”

她不吭声。她受不住他那凶残的眼睛里射出来的怒火,闭上了眼睛。她听见他在黑暗的房里摸索着。突然,她听见砰的一声,接着又是什么倒下来的声音。这使她猛然跳起身来,尖声惊叫。

“天哪,你怎么了?”

他卧倒在窗前,月光倾泻在他的身上。她急忙赶上前去,跪下身子,呼唤他的名字。

“卡尔,卡尔,你怎么了?”

她握住他的手,一放掉,这只手便落在地板上,发出沉重的声音。她伸手放在他的脸上,随后又放在他心口。他死了。她仰后身子,惊骇地凝视着这尸体。她的心里是茫然的一片。她不知如何是好,只觉得头里发晕,怕自己会昏过去。

忽然她心头一跳,原来她听见走廊里有脚步声,是赤脚的脚声。脚声停了;她知道房门口有人在倾听。她恐慌地凝视着房门。有轻微的叩门声。她浑身发抖,好容易才硬把已经到了嘴唇边的尖叫压了下去。她坐在地板上,正和她旁边的死人一样地沉默。叩门声又起了。她勉强开口答应：

“是谁？”

“你没什么吗，太太？”这是尼娜的声音。“我好像听得砰的一声。”

玛丽握紧拳头，狠命地把指甲掐入手掌中，竭力使自己说话自然。

“你准是在做梦。我什么也没有听见。好好地去睡吧。”

“是，太太。”

停了一会，她才听见那赤脚的脚声一声声远去。宛若她的眼光能够跟随这声音似的，玛丽回转头来，跟随着沿走廊渐渐远去的脚步。她刚才本能地作了这回答，使自己有时间镇静一下。她深深舒了一口气。可是这事情终究如何收拾呢？

她又俯身向那个奥地利青年看看。她打了一个寒噤。爬起身来，她把手插进死者的腋窝底下，想要把他拖到窗户外面去。她自己也不晓得在干什么，只是一种盲目的冲动在驱使她，无论如何总得把他弄出屋子去。然而尸体极重。她无可奈何地喘了一口气，疲乏得简直好比一只死老鼠。此刻她什么也想不出来。忽然她觉得刚才把尼娜打发开真是疯了。有一个男人死在她房里，这么躺着，她却说什么事也没有，这话教她怎样辩解呢？干吗明明他在这间屋子开枪自杀,她又说一点声音都没有听见呢?她处境的种种可怕的困难像一股漩涡在她的头脑里乱转。还有羞耻,名声。还有,要是问她,他是为什么自杀的,这又叫她如何回答呢?唯一的回答只有说实话;但这说出来多卑鄙龌龊!

她独个儿待在那里,没有一个人来救助她,替她出主意,真是糟糕。她在恍惚之中总觉得该找个什么人来才是。帮助,帮助,她需要帮助。劳利。她脑子里只有这么一个人。

她相信,如果叫他,他一定会来。他喜欢她,他竟然还说爱她。他虽是一个无赖,人倒是挺好的,无论如何,他总会替她拿主意。但是,时候这么晚,在这深更半夜里,她怎么找他呢?可是她不能等到天明,非立即行动不可。

她床边有电话。她知道劳利的电话号码,因为埃德加就跟他住在一个旅馆里,她常打电话给他的。她拨了电话,先是没有回音,后来听到意大利口音的答话了。大约这是个夜班门房,正在偷偷打瞌睡,给她惊醒的。她叫他接劳利的房间。她只听见那边铃声响,却没有人接。她倒急起来了,以为他不在。也许他跟她分手之后,又到什么地方去了,或者是赌钱,或者又是找到了个女人,跟她到家里去了。终于她听到一个半苏不醒的不耐烦的声音,这才使她透了一口气。

"喂。谁啊?"

“劳利。是我——玛丽。这儿出了事,我急死啦。”

她忽然发现他醒透了。他格格地笑了一声。

“那么晚出了事吗?出了什么鬼事情?”

“我不能说,事情很大,我要你到这儿来。”

“什么时候?”

“现在。立刻就来。越快越好。天哪,快来。”

他听见她的声音在发颤。

“我当然就来。不用急。”

这三个字是多大的安慰呀!她放下听筒。她计算着他大概什么时候可以到。从旅馆到她的别墅有三英里多路,大部分是上坡路。在这个时刻,他不见得叫得到出租汽车;假如只好走来的话,差不多要一个小时。可是过一个小时,天要亮了,她不能待在房间里等。待在房间里太可怕了。她把身上的睡衣赶忙换了件正式的衣裳。她把灯关掉,把锁着的房门开了,蹑手蹑脚,不让有一点声响,走到走廊里。她打开屋子的前门,踏着一级级大石阶往下走,沿着车道,一直掩在两旁的树影底下走,因为先前使她欢欣欲狂的月亮,现在使她害怕。到大门口,她站住了。她想着还需要等待那么长的时间,心里十分慌乱,可是忽然她听见了脚步声音,她惊骇得连忙缩回到树影里。有人正在那条从山脚下直通别墅的陡峭的石级上走上来,那是没有铺公路之前通向别墅的唯一的路。无论那是谁,反正总是到别墅来的,而且那个人似乎奔得很急。一个男子从黑暗里跑到月光底下，她一看是劳利，顿觉莫大的宽慰。

“噢。救命的，你来了。你怎么来得这么快？”

“夜班门房睡了，所以我借用了他的脚踏车来的。我把车子藏在山脚下。我想打石级上来可以快些。”

“来吧。”

他窥视了一下她的脸色。

“呀，怎么回事？你模样怪怕人的。”

她摇摇头。她不能够告诉他，只拉住他的手臂，快步回到屋子里。



“轻点，轻点，”当他们走进屋子的时候，她在他耳边说道，“别出声。”

她一直把他领到她的房间。她开了门，他跟着进去。于是她把门关上，再上了锁。她待了一会儿，没有勇气开灯，但是灯又不得不开。她把开关一拨。一盏枝形大吊灯悬挂在天花板上，照得四壁通明。劳利的眼光落在那两扇大窗户的一扇跟前，看见地上僵卧着一个男子的尸体，不由得睁大眼睛呆住了。

“天哪！”他叫了起来。他回头瞧着她。“怎么了？”

“他死了。”

“看样子确实是死了。”

他跪下身去，把死者的一张眼皮掩上，然后，和玛丽一样,把手按在他的心口上。

“他已经死透了。”手枪仍旧握在死者的手中。“他自杀?”

“你原以为是我打死他的吗?”

“用人呢?你去叫了警察没有?”

“没有,”她喘吁吁地说。

“可是你一定得叫。你不能让他搁在这里。你总得想个办法。”他自己不知在干什么,只是机械地把手枪从死者的手中取了下来。他拿起来看看。

“这很像就是你在车子里给我看的。”

“是的。”

他凝视着她。他弄不明白。他怎么会明白呢?这个情形是不可思议的。

“他为什么自杀呢?”

“谢谢你别问这问那了。”

“你知道他是谁吗?”

“不。”

她脸色苍白,全身发抖。她的模样快要晕倒了。

“你得镇静一下,玛丽。发急没有用。等一会,让我去餐室拿点白兰地来给你喝。餐室在哪儿?”

他正起身要走,她却哭着止住了他。

“不要离开我。我怕一个人待在这里。”

"那么一起来吧,"他粗率地说。

他用手臂挽住了她的肩膀,扶着她走出那间房间。餐室里的灯烛依然亮着。他一走进去首先就看见他们吃晚饭剩下来的东西:两只盘子、两只玻璃杯、一瓶酒,还有玛丽做火腿蛋用的煎锅。劳利走到桌子跟前。卡尔刚才坐的那张椅子旁边有一顶破旧的呢帽。劳利把它拿起来看了看,然后回头瞧瞧玛丽。她受不了他的目光。

"刚才我说不认识,那是假的。"

"这本来很明显,赖也赖不掉。"

"求你别这么说了,劳利。我实在受不了。"



"对不起,"他温和地问道,"那么,他是谁呢?"

"那个拉小提琴的。就是昨天饭店里捧着盘子来要钱的那个人。你不记得了吗?"

"我原想他的脸好像在哪里见过。那天他不是穿得像个那不勒斯渔夫吗?所以我刚才一下认不得了。当然他现在的样子完全两样了。他怎么会到这里来的?"

玛丽犹豫了一会。

"我在回家的途中遇见了他。他在半山腰公路旁边的平台上。他跟我说话。他似乎怪孤寂的,模样非常沮丧。"

劳利低头看着脚。他给困惑了。他怎么也想不到,她会干出他不得不猜疑她准是干了的那种勾当。

"亲爱的玛丽,你知道,我为了你,什么都愿意干。我来帮你忙。”

“他肚子饿。我给他吃了些东西。”

劳利皱皱眉头。

“那么，你给他吃了些东西，他就拿了你的手枪自杀了。可是这个意思？”

玛丽放声哭起来。

“来，喝一点酒吧。你要哭，等一会儿哭。”

她摇摇头。

“不，我没有什么。我不哭。我现在明白了，我那是疯了，可是当时好像并不觉得。我想我是一时疯了。你记得我在车子里——就在你下车之前，我跟你说的话吗？”

他恍然大悟。

“我只以为那是说着玩儿的风趣话，做梦也想不到你竟会傻到真的干出这种该死的事来。他又为什么自杀呢？”

“我不知道，我不知道。”

他转了个念头，然后开始把桌子上的盘子和玻璃杯收拾起来，放在盘子里。

“你在干吗？”她问。

“你不懂得不宜留着曾经有位先生来这儿吃过晚饭的痕迹吗？厨房间在哪儿？”

“打那扇门出去，走下一段楼梯就是。”

他把盘子搬出去。当他回上来时，玛丽坐在桌子旁，双手捧着头。

“幸亏我下去了一趟,那些灯开着,你都没有关掉,分明你是不惯于遮盖痕迹的。你的仆人们吃了晚饭的碗没有洗。我把我收拾的杯盘跟其余的放在一起,大概他们不会发觉。现在我们该去报警了。”

她几乎狂叫起来。

“劳利!”

“听我说,亲爱的。你得镇静一下。我已经仔细想过,我来把我的主意告诉你。你必须说是你正睡着,有人——总是个贼——闯进了你房里,惊醒了你。你连忙开灯,抓起放在床头柜上的那支枪。两个人挣扎了一番,枪走火了。是你打死他的,还是他自己打死的,可就无所谓。当时他看见自己给发觉了,又怕你大声叫起来,被仆人们听见了来抓他,他就自己打死了自己,这是很可能的。”

“谁会相信有这么回事呢?这根本不可信。”

“不过,这比说真话要可信些。要是你咬定这么说,谁能证明你这是谎话呢?”

“尼娜听见枪声的,她赶到我房门口,问我出了什么事,我说没事。将来警察局问起她来,她会说出来的。到时候叫我怎么解释呢?谎话不全都要拆穿吗?明明有一个男人死在我房间里,我为什么对她说没事呢?讲不通。”

“你不能告诉我究竟是怎么回事吗?”

“太丑了。可是，在当时，我还以为我所干的是挺美的。”

她不再往下说。他凝视着她，明白了一半，可还是疑惑不解。她深深叹了一口气。

“好吧，去报警吧，报了就听天由命。我是完了。唉，我想也活该。我将没有脸再见人。那些报纸。还有埃德加。完了，一切完了。”接着她说出了一句惊人的话：“毕竟，他不是贼，我害了这可怜的孩子，决不能再给他加上那样的恶名声。一切罪过得由我承当，我该接受任何后果。”

劳利聚精会神地望着她。

“是的，一报警，你就完了。你这话说得对。而且人言可畏。这日子你才不好过呢，亲爱的。再说，一旦事情暴露，没有人能够救得了你。你可愿意索性冒个险吗？我先警告你，这是极大的冒险；万一失败，那对于你将更加无可挽回。”

“再大的险我也愿意冒。”

“我们干吗不把那个尸体搬出屋子呢？谁会把他的死疑心到你的头上来？”

“怎么搬法呢？这是不可能的事。”

“不，不然。只要你帮我忙，我们可以把他扛进汽车。这儿四周那些小山你都挺熟的。我们自然可以找一个地方把他丢下，几个月也不会有人发现。”

“但是他不见了,人家要找的。”

“找他干吗?谁来管这么一个拉小提琴的意大利人?他可能为了付不出房钱逃走了,或者是带了别人的妻子私奔了。”

“他不是意大利人。他是个奥地利难民。”

“好,那更好了。你可以大胆放心,决不会有人为了他多啰嗦的。”

“这事情干起来多可怕,劳利。那么,你怎么?你也来冒这可怕的险吗?”

“只有这个办法,我亲爱的。至于我呢,你不必担心。老实告诉你,我就喜欢冒险。我的意思:一个人应该尽量从生活中找寻刺激。”

玛丽听他说得这样轻飘,心里振作起来,极度的痛苦也不像先前那样忍受不住了。现在有了希望——或许他说的能行。然而,又有一个疑虑袭上了她的心头。

“天快亮了。天一亮,农民就要赶路上田里去干活的。”

他看了看表。

“天什么时候亮?总得五点过后吧。我们还有一个钟点,赶紧着,正好来得及。”

她深深地叹着气说:

“我把我这个人交托给你了。你叫我怎样,我就怎样。”

“那么,来吧。首先一定要放出胆气来。”

劳利拿起死者的帽子,和玛丽一起回到死者躺着的房间里。

“你抱住脚,”劳利说。“我来插住他的夹肢窝。”

他们把他抬了起来,经过门厅,一直抬出屋子的前门。劳利倒退着走,好容易把他抬下了石阶。然后他们把尸体放下来。这尸体重得要命。

“你能把车子开上来吗?”劳利问。

“能开,不过没有地方掉头。待会儿我得倒退下去。”她含糊地回答。

“那个我来。”

她走下那条狭窄的车道,到尽头处把车子开了上来。与此同时,劳利又回进了屋子里去。大理石的地板上有血,幸亏不多,因为这家伙是对准了胸口开枪自杀的,所以血出在身体内部。

他跑进浴室去,从架子上拉一块浴巾,浸湿了水,把地上的血迹抹掉。地板是暗红色大理石铺的,所以他确信,随便地一看——比如像女佣在扫地时候随便一看——是看不出什么来的。他手里拿了这块染红了血的湿浴巾,重又走出来,玛丽站在车旁等候着他。她也不问他在做什么。

劳利把后面车门打开,仍旧用两条臂膊向死人夹肢窝底下一插,把他抬了起来。玛丽看他一个人不大好弄,连忙帮他把死人的脚抬起来。两个人一声不响。他们把尸体在车厢地板上放下，劳利把浴巾绕着死人的胸口扎住，恐怕汽车颠动时要流出大量的血来。他把那顶破旧的呢帽往他头上一盖。

劳利跨进开车的座位，打倒车退下去，一直开到大门口，这里有宽阔的地位可以掉头了。

“我开车吗？”

“好。到山脚下向右转弯。”

“我们得尽快离开这条大路才是。”

“大约过去四五英里路，有条路通一座小山顶上的村庄。我好像记得那儿路旁一边有个树林。”



开上了公路，劳利便开足马力。

“你开得这么快，”玛丽说。

“我们没有太多的时间了，我的乖呀。”他用尖刻的口吻说。

“我害怕死了。”

“害怕才挺有用处哪。”

他的态度非常冷酷，她只好不响。月亮已经沉没下去了，天很黑。玛丽看不出速度计，不过她觉得总是开到了八十英里光景的速率。她两手紧握着拳头坐着。他们此刻在干的事情既可怕，又危险，然而这却是她唯一的生路。她的心痛苦地跳着。她不断自言自语地说：“我干了多蠢的事啊！”

“我们开了该有五英里了吧。没有错过那个转弯吧?”

“没有,不过照理就该到了。开慢一些。”

他们继续开去。玛丽急切地留心着那条通往山村的狭窄的道路。以前她被远望过去的景色所吸引,曾经在那条路上兜过两三回,因为这儿颇有佛罗伦萨古画里的山村风光,也就是画家在《福音书》的风景画中,以家乡多斯加纳的美丽景色作背景所画出来的。

“到了!”她忽然喊道。

但是劳利已经开过头了;他赶紧煞车,倒退过来,退到转弯路口。他们慢慢往山上开去。他们俩睁大了眼睛向两旁黑暗里张望。玛丽突然推推劳利的臂膀,指着左边。他把车停下。那面一边有座像阿拉伯橡树的小林子,地面长满着灌木,后面的山坡似乎很陡。他把车灯熄了。

“让我下去探一探,这地方倒好像挺好。”

他跨下汽车,一溜烟钻进了树丛里去。他身子擦着那些灌木,发出的声音在这死寂中听来响得骇人。隔了两三分钟,他又回出来了。

“我想这儿可以。”他低声地说,虽然附近鬼都没有一个。“帮我把他搬出来。要是我一个人能行,回头我还得把他掮下这林子里去。你决不能下去。你将全身都擦破。”

“我不怕。”

“我不是怕你擦伤,”他粗声回答她说。“你的袜子、鞋子弄得不成样子,你将对仆人们怎样解释?我看我一个人能行。"

她也跳下车子。他们把后面的车门打开。他们俩正要把车厢中的死尸抬出来的时候,忽然看见前面有灯光。这是一辆汽车在从山上开下来。

"啊。天啊!这下逃不了啦!"她叫起来了。"你走,劳利,我可不能连累你。"

"废话。"

"我不要你受牵连呀!"她没命地叫嚷。

"别傻!只要你镇静,我们就没事。我们可以骗过他们。"

"不,劳利,你走吧!我反正完了!"

"住嘴。你要冷静。快到后边车厢里去。"

"他在那儿。"

"还不住嘴!"

他把她推进去,自己也跟着钻了进来。前面开来的汽车的灯光给一个转弯遮没了,但再转个弯,一定可以看得清清楚楚了。

"躲在我怀里。他们还当我们是一对情人到这冷僻地方来干不正经的呢。不能动。一动不能动。"

那汽车在开来,两三分钟里就要到他们面前了,而路又是那么狭,这辆车子非得缓慢下来才能通过。它只能勉强擦过去。劳利起手搂住她，把她抱得紧紧的。在他们俩的脚下便是那死者蜷着的尸体。

“我将吻你。你也像真的一样吻我。”

那辆汽车愈来愈近，望过去像是一路在两边歪来歪去地前进。接着他们听见车子里面的人嘶破了喉咙在唱歌。

“老天爷，我看他们都喝醉了，求上帝让他们看到我们。天啊，如果他们撞上来，那就糟了。好，快，快吻我。”

她把嘴唇凑到他嘴上，他们俩吻着，装做仿佛狂热得根本没有察觉这辆在开来的车子。车子里似乎载满了人，高声的叫嚷简直要把死人都闹醒。或许是这小山顶上的村庄里有人家办婚事，这些是吃喜酒的客人，欢天喜地闹到这个时候，现在喝醉了酒，正在回到别的村庄上自己家里去。他们的车子在山路的中央开下来，看上去势必直撞到玛丽的车子。怎么办呢！正在这个当儿，忽然一声狂叫。车头的灯光发现了那辆停着的汽车。他们“吱——”地拚命煞车，车子慢了下来。大概开车的认识到这一场刚刚幸免的车祸，头脑清醒了一下；车子像蜗牛爬着一般地缓慢了。于是有人发现那辆不开灯的车子里面有人，后来当他们大家看见里面是一对男女正热烈拥抱成一团的时候，顿时哄然大笑。一个人高声说句下流的笑话，另外两三个哇啦哇啦地应和着。劳利依旧把玛丽紧紧搂在怀里；人们也许以为他们是沉醉在情欲之中，对什么都不知不觉。有个聪明家伙起了个念头;他用洪亮的中音嗓子唱出了威尔第的歌剧《利哥莱托》中的名曲《女人是水性杨花》①,其余的人显然不懂唱词的意思,只是力竭声嘶,跟着他像牛叫般地随声附和。他们极慢地经过这辆汽车,只差一英寸没擦撞。

"把你两条臂膊抱住我的头颈,"劳利轻声说,而当那辆汽车恰巧开到他们旁边时,劳利嘴唇依然贴在玛丽嘴上,欢欣地向着那些醉鬼挥手。

"好!好!"他们喊道。"有劲!"接着,他们的车子开了过去,那中音的歌手又唱起了:《女人是水性杨花》。他们东歪西斜很危险地向着下山的路上开去,欢乐的歌声不绝;直到他们的车子看不见了的时候,还远远听得见他们的嘶叫声。

劳利松手把玛丽放下。她已经精疲力竭,倒在车厢的角落里。

"幸亏天下到处有情人相爱,"劳利说,"现在我们可以继续干我们的事了。"

"安全吗?如果他被发现就在这里……"

"如果他在这条路上的任何一处被发现,他们都会认为,我们曾经在这儿,有嫌疑。然而我们再过去许多路也找

---

① 威尔第(1813—1901),意大利作曲家;《利哥莱托》(一译《弄臣》)与威尔第的另一歌剧《茶花女》齐名;《女人是水性杨花》是该剧第三幕中淫邪的公爵所唱的一支歌。

不到一个更好的地方，而且我们又没有时间去找遍这乡野。他们都喝醉了酒。像这样的菲亚特汽车又多得是，他们怎会拉扯到我们身上来呢？无论如何，人们总会认为这个人显然是自杀的。快下车吧。”

“我不知可站得起来。”

“唉，你还得帮我把他搬出来哩。帮好了忙，随你哪边都好憩憩。”

他跳下车子，顺手把她拖了下来。她忽然卧倒在踏脚板上，歇斯底里地放声大哭起来。他挥起手来，给了她一个爽脆、辣手的耳光；她一惊，喘息着跳起身来，正如她开始大哭时一样突然地静止了。她连叫也没有叫出来。

“来帮我忙。”

他们一声不响，只是动手干他们要干的事。两个人一同把尸体搬下了车。劳利用一只手从死者的腋窝底下抄过去托住他的上半身。

“你把他的脚搁在我另一只手臂上。他重得什么似的。你设法把那些矮树拨开，免得我钻进去的时候弄倒它们。”

她照他关照的做去。他踏着沉重的脚步往矮树丛中钻去。他擦着树枝发出的声音，在她恐惧的耳朵里听来，响得像几英里外都听得见。他不知去了多久。终于她看见他在汽车路上走过来。

“我想还是不要从刚才进去的原路出来的好。”

“弄好了?”玛丽急切地问。

“好了。天哪,我累死了,真想喝口酒。”他向她望望,眼光里带着一丝微笑。“你要哭的话,现在哭吧。”

她没响。他们转身上车。他把车子向前开去。

“你开到什么地方去?”她问。

“我不能在这里掉头。而且,开过去些,可以免得这里留下有车子停过和掉过头的痕迹。你知道前面有路可以兜回大路上去吗?”

“肯定没有。这条路只通山上的村庄。”

“好吧。我们开过去一段,到可以掉头的地方掉头吧。”



他们在沉默中向前开了一会。

“那条浴巾还在车子里呢。”

“给我。我来找个地方丢掉它。”

“这上面有伦纳德家的字样。”

“你不用担心。我来想办法。如果真没有办法,我可以把它扎在石头上,在我回家的路上,把它掷在阿诺河里。”

他们向前开了两英里,看见那里路旁有一块平地,劳利决定在这里掉头。

“啊呀!”他正要把车子转过来的当儿,叫了起来。“那支手枪。”

“什么? 在我房间里。”

“我到此刻才想起来。要是这死人给发现了,而找不到他自杀所用的手枪,那一定要引起他们疑心的。我们应该把那支枪放在他的身边。”

“那怎么办呢?”

“没有办法,听天由命吧!到此为止,我们一切顺利。要是今后发现死尸而找不到手枪,警察局也许会以为是哪个小孩子碰巧看见这个死人,偷走了他的手枪,就此不声不响了。”

他们用刚才来的时候一样快的速度开车回去。劳利不时焦急地抬头看看天色。虽然还在夜里,但是黑暗已经不如他们来时那么浓密了。天还没有亮,不过你心里总感到天即刻就要亮起来的紧张情绪。意大利的农夫很早就要赶生活去的,劳利却要在一个人都还没有开始一天活动之前把玛丽送回别墅。他们终于到达了别墅所在的小山的脚下,他停了车。天就要亮了。

“你得自个儿开上去。我的脚踏车就放在这儿。”

他模模糊糊地只见她对他惨苦地一笑。他看得出她想要说些什么。他拍拍她的肩膀。

“好了。别担心。我说,吃两片安眠药;躺在床上睡不着,徒然抱怨是没有意思的。好好睡上一觉,你自会觉得舒服的。”

“我好像再也睡不着觉啦。”

“我知道。所以我叫你吃安眠药片,可以好好睡一觉呀。我明天什么时候再来看你。”

“我整天在家。”

“我还以为你要上阿特金松他们那儿去吃饭哩。他们约我在那儿跟你会聚。”

“我要打电话去,说我有点不舒服,不去了。”

“不。你决不能那么做。你一定得去,而且你一定要装出若无其事的样子。那是起码的戒心。万一嫌疑落到你头上,你的一举一动绝不能显露出有任何心虚的形迹,懂吗?”

“懂。”



玛丽坐上开车的座位,等着看劳利从他隐藏脚踏车的地方把车子推出来,上车踏去。于是她驾驶汽车开上小山顶。她把汽车停在车库里——车库就在铁门里边——然后独自走上那条车道。她默默地溜进屋子里,待上楼走到自己的房间门口,却犹豫了。她不愿进去,而且一下子给迷信的恐怖占据了她的心灵,她怕开门进去会看见卡尔穿着他那破旧的黑西装站在她的面前。她万分恐惧,然而她不能声张;她自己振作起来,伸手去转动门上的把手,但这只手尽是在发抖。她赶快把电灯开亮,看看房里一无所有,这才使她深深舒了一口气。

房间里全然跟往常一样。她向床边的时钟瞥了一眼。时光还不到五点。多可怕的事情发生在这短短的时间里!

她宁愿付出她所有的一切，使时光倒退转来，仍旧做她才几小时前的一个逍遥自在的女人。眼泪开始从她脸颊上淌下来。她倦得可怜，头脑里跳动得利害，回忆像潮水般一拥而上。她回想着同时接连发生的一切，那个不幸的夜晚所发生的一切。

她慢慢把衣服脱下。她不要再睡到那张床上去，却又不得不睡上去。她至少还要在这别墅里逗留好几天；劳利会告诉她到什么时候离去才相宜的。如果她宣布跟埃德加订婚，那她比原来预定的计划提早几个星期离开佛罗伦萨倒也合乎情理。她忘记了埃德加有没有说过他将几时动身到印度去。一定要快。她一到了那边，就安全无事了；她一到了那边，也能忘掉一切了。

但是当她正要上床去睡时，她又想起了劳利搬到厨房里的晚饭碗盏了。虽然劳利说没事了，她总放心不下，总觉得非自己去收拾整齐好不可。她披上晨衣，赶到楼下的餐室，又赶到厨房里。假如碰巧有仆人听见了她，她可以说是醒来肚子饿，下楼来看看有没有什么可以吃的。整个的屋子空旷得叫人害怕，而那间厨房又好比一个阴森的大窟窿。她看见桌子上的咸肉，便把它放回橱里去。她把打碎了的蛋壳丢进水槽底下的提桶里，把她和卡尔用过的两只玻璃杯和盘子都洗干净了，放回原来的地方。她又把煎锅在钩子上挂好。这样，一点也没有什么会引起疑心的了，于是才蹑手蹑脚回到卧室。她吃了些安眠剂,把灯关掉。她希望药片尽快奏效,但是她已经累得精疲力竭,所以她正在恐怕不能马上睡去会发疯的时候,她睡着了。

# 六

玛丽张开眼睛,看见尼娜站在面前。

“什么事?”她半苏不醒地问道。

“时候不早,太太。太太一点钟要到波伦亚别墅去的,现在已经十二点了。”

玛丽突然记起来了,一阵苦闷的剧痛穿透她的心。她这下醒透了,眼望着那女仆。她还是跟往常一样笑嘻嘻的怪可亲的样子。玛丽定了定神。



“昨夜里你闹醒了我之后,我再也睡不着。我不能整夜地醒在床上,所以我吃了两片我的小药片。”

“真对不起,太太。我听见一个声音,所以我想该来看看可出了什么事。”

“什么样的声音?”

“哦,像枪声。我记得埃德加老爷有支枪交给你的,所以我怪害怕的。”

“那大概总是公路上的汽车。夜里的声音传得很远。给我拿杯咖啡来,喝了咖啡我还要洗澡。我要赶快了。”

尼娜一出房门,玛丽就跳起身来,赶去看她安藏着手枪的那只抽屉。她愣了一愣,怕尼娜在她熟睡的时候找到了那支手枪,拿了去。她的丈夫西罗看了,马上会告诉她这里面有一个弹膛空着。幸而手枪依旧在那里。她一边等着她的咖啡,一边聚精会神地回想着。她知道为什么劳利一定要她去出席那个午餐会。她的行动不能够有一点不大正常的地方。现在她不但为自己,而且还为了劳利,不能不处处留意。她对他非常感激。他头脑冷静,考虑周到;谁想得到那么一个无聊的纨袴儿竟有如此的勇气?当那辆汽车里许多意大利醉鬼迎面经过他们,在那千钧一发的当儿,要不是他头脑冷静,真不知她要遭到怎样的命运呢?她叹息了。他在社会上也许不是个怎么有用的人,但他却是一个很好的朋友;那是谁也不能否认的。



玛丽喝了咖啡,洗了澡,坐在梳妆台前面修饰她的脸蛋的时候,她才安定下来。虽然她经过了这一夜的事情,她脸上却一点看不出,这真使人惊异。所有的恐惧,所有那些眼泪,都没有留下一丝痕迹。她看上去很灵敏,很正常。她那蜜一般色泽的皮肤上没有一点疲乏的影子;她的头发发着光,一双眼睛晶莹明媚。她感到兴奋起来,反而一心期待着那顿午餐。那儿她还得表现出兴高采烈、逍遥自在的神气,使得他们在她离去之后一致都说玛丽今天兴致真好!玛丽忘记问劳利,他有没有接受他们的邀请;她希望他也参加。这可以倍增她的信心。



最后,她准备好要走了。她向镜子里最后照了一照。

尼娜对她亲昵地一笑。

“太太今天比我平时看到的更漂亮了。”

“你不要过分奉承我，尼娜。”

“可这是真的。好好睡了一觉，对你大有好处。你看上去像个小姑娘。”

阿特金松夫妇是一对中年的美国人。他们有一所很大的豪华的别墅——这原先是美第奇家族①的。他们费了二十二年的工夫收集家具、名画、雕像，因此这所别墅成了佛罗伦萨的名胜之一。他们很好客，常举行大规模的宴会。

玛丽被接引到客厅里，那儿有文艺复兴时代的古玩橱，塞提那诺②和桑索维诺③雕刻的圣母像，以及培卢歧诺④和菲利比诺·利比⑤的名画。这时候，客人差不多已经到齐。两个穿着笔挺制服的男仆走来走去，一个手里捧着一盘鸡尾酒，另一个捧着一盘吃的东西。女客们穿着她们到巴黎去做来的夏季衣装，美丽大方，男客们穿着轻薄的西装，显得潇洒凉快。高大的窗户开出去是一个正式的花园，种植着修剪得整整齐齐的黄杨，一只只排列匀称的高大石花瓶里插着花，还有那些经过风销雨蚀的巴罗克时期的奇形怪

① 美第奇家族是十五六世纪意大利佛罗伦萨的豪门，一家出过三个教皇。
② 塞提那诺(1428—1464)，意大利雕刻家。
③ 桑索维诺(1467？—1529)，意大利雕刻家和建筑家。
④ 培卢歧诺，意大利画家，生卒年份不详。
⑤ 菲利比诺·利比(1446？—1504？)，意大利画家。

状的石像。在这六月初的暖洋洋的日子,空气中洋溢着令人喜悦的活力。你会感觉到那儿没有一个有所忧虑的人;每个人都好像很富有,每个人都好像是出空着身子在尽兴作乐。这光景使你无法相信,在这世界上到处都有饿着肚子的人。那么一个日子确是及时行乐的大好时光。

玛丽一走进客厅,就强烈地感觉到大家诚意欢迎她的那股热情,然而就是当时那股热情,使她好比是从佛罗伦萨的小街小巷的阴荫里转入了烈日如烧的广场,仿佛突然掉进了火坑,那炽热震撼她的神经,使她感到剧烈的内心痛苦。那个可怜的青年人甚至此刻还露天躺在阿诺河畔的山腰里,胸口埋着一颗子弹。可是她看见劳利在客厅的另一端,眼睛望着她,于是她记起了他叮嘱她的话。他在向她这边走来。主人哈罗德·阿特金松风度翩翩;他头发花白,血气旺盛,略见肥胖,很注意美丽的女人。他喜欢和玛丽调笑,不过不失老长辈的庄重态度。他握着玛丽的手,老是不放。劳利走上来。

“我正在对这位姑娘说,她真像幅画一样美丽,”阿特金松朝着他说。

“你别白费功夫吧,老朋友,”劳利带着他的动人的微笑,懒洋洋地说。“你还是去恭维自由女神的石像吧。”

“她干脆地拒绝了你吗?”

“干脆。”

“我不怪她。”

“事实是这样的，阿特金松先生，”玛丽眉飞色舞地说，“我不喜欢小伙子。据我的经验，不到五十岁的男人，不值得跟他们谈话。”

“我们几时一定要在一起进一步谈谈这个问题，”阿特金松回答道。“我相信我们俩有很多共同之点。”

他转过身去跟一位刚到的客人握手。

“你真是了不起，”劳利低声说。

他那赞扬她的眼色鼓励着她，但她还是不禁向他惊慌、窘迫地望着。



“别慌。只当你自己是女演员在演戏。”

“我一向对你说，我没有演戏的天才，”玛丽回答，但是带着微笑。

“反正你是女人，你一定会像演戏一样做作的，”他反驳她说。

这正是她随后在宴席上所表现的。在她右边是她的主人，她一直和他嘻嘻哈哈地调笑着，这可使他不但感到有趣，而且不胜荣幸。另一边是一个研究意大利艺术的专家，她又跟他谈论着锡耶纳派①的画家。佛罗伦萨交际界的圈子并不很大，所以这里有几个就是昨天晚宴上的客人。昨

① 锡耶纳派，十三四世纪意大利画派。

天的东道主桑·斐提南多亲王夫人，就坐在阿特金松的右手边。这可几乎使玛丽乱了阵脚。那位老太太俯身过来招呼玛丽。

“我正在告诉阿特金松关于昨夜的事。”她又转向阿特金松，“我特地请他们到培平诺饭店吃晚饭，去听一个好嗓子唱歌，可是你说巧不巧，那个人偏偏没来唱。”

“我也听过他，”阿特金松说。“我内人还要我出钱给他去受训练。她认为他应该在歌剧中显身手。”

“好嗓子不在，他们却有个糟透的拉小提琴的。我找培平诺说话。他说这个人是德国难民，只是为了行个好才给他试一试的。他说他以后不要他拉了。你记得那个人吗，玛丽？他实在太差劲。”

“他拉得不太好。”

她不知她的声音在别人听来是否也像她自己听来那么不自然。

“你说得太婉转了，”亲王夫人说。“要是我拉得这么糟，我早就一枪自杀了。”

玛丽觉得应该说些什么。她把肩膀轻轻一耸。

“像他那样的人要找个工作一定非常困难。”

“遗憾，”阿特金松说。“还是个小伙子吧？”

“是的，几乎还是一个小孩子呢，”亲王夫人回答他说。“他的头的样子很有趣，玛丽，你说是吗？”

“我可没有怎么注意，”她答道。“我看是饭店里非要他们穿起那种奇形怪状的服装。”

“我原先不知道他是难民。现在我倒心里挺不安的。我想大概是因为我大惊小怪嘀咕了几句，培平诺才说把他歇掉的。我不知可找得到他吗？否则倒要给他两三百个里拉，让他在没有找到新的活干之前好维持过去。”

他们没完没了地尽谈着他。玛丽朝劳利掷了一个尴尬的眼色，可是他在餐桌的另一端，并没有注意。她非得独个儿来应付这个窘境。幸亏话题终于转了。玛丽已经疲惫不堪。但她还是继续谈这个、谈那个，笑着别人说的笑话，装得很感兴趣，似乎非常乐意的样子；而在她心底里，昨夜发生的一切却从头到尾一幕幕展现在她痛苦的回忆中——一切如在眼前，简直像是在观看舞台上演出的一出戏。待到最后她终于能脱身的时候，她真是谢天谢地。

“多谢，多谢；真是个有意思的宴会。我从没有像今天这样高兴过。”

阿特金松太太——一头白发、和蔼、机灵，又带一点冷漠的幽默——握住了玛丽的手。

“我才多谢你呢，我亲爱的。你是这么漂亮，哪个宴会有了你就有生气；哈罗德又那么高兴。他这老头儿顶喜欢跟女人闹笑。”

“他对我挺好。”

“这也应该。听说你快要离开我们了，这可是确实的吗？”

玛丽听阿特金松太太的口气，定是暗指埃德加爵士的事。或许亲王夫人已经告诉她什么。

“谁晓得？”她微笑着说。

“唔，我希望我所听到的是真的。你知道，我认为自己最能看人的性格。你不但是美丽，而且善良，又温柔，又真诚；我真愿你幸福无穷。”

玛丽禁不住泪水涌上眼眶里来。她对这和蔼的老太太漠然一笑，急忙离去了。

# 七

她回到家里，看见有一份电报，刚到，正等着她：

“明日飞回。埃德加。”

花园里筑有高坡，那儿有一处地方玛丽最喜欢，那就是一片狭长的橡木球戏场地的草地，四周围着修齐的柏树，一边修成一个拱门，可以看望风景——不是看望佛罗伦萨，而是看望一座遮满着橄榄树的小山，山顶上有个村庄，在许多古旧的红屋顶中间矗立着小座教堂的钟楼。这块地方又阴凉，又清静，所以玛丽躺在这里一张长椅子上面，可以安静一下。独自一个人在这里，不用装腔作势。这时候她可以一心转她的焦虑的念头。过了一会，尼娜端上一杯茶来。玛丽对她说，她等待着劳利。

“等他来了，拿些威士忌来，另外拿只苏打水瓶，还有冰。”

“是，太太。”

尼娜是个年轻妇女，最爱讲闲话，这会儿她就是要来传播一桩新闻。这是厨子阿加塔从邻近的村子上听来的；她就住在那个村上自己的小屋里。她在那儿有个亲戚，租了一间房间给一个难民——难民都拥到了意大利来——现在他逃走了，房钱、饭钱都没有付。他们是穷人，可损失不起。他所有的就是他身上穿着的一套衣裳，而他剩下的东西总共值不到五个里拉。他们看他可怜，给他欠了三个星期的房饭钱。"他们可怜他，而他却那么逃走了，太缺德了。这是一个教训，告诉你好心没有好报。"

"他几时走掉的？"①

"他昨天晚上出去，到培平诺饭店去拉小提琴——喏，就是太太昨夜里去吃晚饭的地方；他说好回来还阿苏泰的钱的。但是他一去不回。她进城到培平诺饭店去问，他们回说，对他一无所知。他的琴拉得不好，他们叫他不用再去了。可是他那晚上是挣得了些钱的。你知道，他在赏钱里拆得一份；有位太太出手给了一百个里拉，可是……"



玛丽岔住了她。她不要再听下去。

"问问阿加塔看，那个人欠阿苏泰多少钱？我——我不要她做了好事反而吃亏。我来赔给她。"

"哦，太太，那将是对他们多大的帮助呀！你知道，他们的两个儿子都当兵去了，一个钱都不挣，他们要维持下去，实在不容易。他们给那个人吃饭，而目前的伙食贵得利害。要使意大利强大，吃苦的是我们穷苦老百姓。"

"就这样吧。你去好了。"

---

① 这是根据美国 Doubleday, Doran 版"When did he go?"译的。英国 Heineman 版作"Where did he go?"（他到哪里去了？）

这是这一天里她第二次不得不听着别人跟她讲关于卡尔的话。玛丽给恐惧的心理盘据住了。那个活着的时候无人过问的不幸的人，现在一死却好像莫名其妙地引起了大家的注意。她忽然想起了亲王夫人的一句话。她说是她使他失掉了拉琴的差使的，所以她要怎么样救助他。她是说话算数的，她会去探听他的去处的，而且她又是个固执的女人，要是找不到他，翻天覆地也一定要弄清他的下落的。

"我必须离开这儿！我怕。"

但愿劳利来吧！在这个当儿他似乎是她唯一的救星。她皮包里带着埃德加的电报；她把它拿出来，重又读了一遍。那是一条逃避的路。她开始沉思着。

终于她听见有人在唤她的名字。

"玛丽。"

原来是劳利。他出现在这片草地的另一端，双手插在裤袋里，正在向着她摇摇摆摆地踱过来。他走路一点没有风度，然而别有一种悠然自得的神气，那在有些人看来，似乎跟他恶劣的声名不相称，可是这当儿在玛丽看来，却是奇妙地使人心里安顿。他泰然自若，好像全然无事的样子。

"尼娜叫我来这儿找你。她在端冷饮来，我口渴死了，正需要。好家伙，上你这山上来真够热的。"他对她打量了一眼。"怎么？你脸上好像有什么心事？"

"等尼娜端了冷饮来之后再说。"

他坐下来，点了一支烟。尼娜上来，他嘻嘻哈哈跟她开玩笑。

“喂，尼娜，你们的墨索里尼叫你们每个女人加紧替国家制造小国民，你怎么啦？我看你好像并没有尽到你的责任。”

“我的妈呀，现在这时光，自己养活自己还不容易，哪来再养活一大群的小孩子？”

但是她一转身，他就回过来问玛丽。

“怎么回事？”

她告诉他在午餐席上亲王夫人说起卡尔的事情，还有刚才尼娜说给她听的话。他仔细听着。

“不过，亲爱的，这些都不用担心。紧张不安，这就是你的毛病。他本来以为有固定工作了，却给歇掉了。他欠着房东女人的钱，答应还她的，可是没有挣到足够的钱还债。就算他被发现了吧？他是自杀的，他有许多动机。”

劳利说得确有道理。玛丽笑笑，接着又叹了口气。

“我想你说得不错。我紧张不安得很。要没有你，真不知叫我怎么办，劳利。”

“我也不知道，”他格格地笑了。

“假如昨夜我们真被抓住了——那我们将怎么样？”

“那就遭殃了，心肝啊！”

玛丽喘息着问：

“你的意思不是说要——坐牢吧?”

他用带着讪笑的眼光瞧着她。

“那就不知需要多少解释了。两个英国人带了一个死尸在这儿意大利的乡野里兜圈子,我们怎么能证明他是自杀的呢?他们想起来,不是你开枪打死他的,就是我打死的。”

“怎么会是你打死他呢?”

“警察局里的人想象力丰富,自会想出许多理由来。昨夜里我们俩是一起从培平诺饭店回来的。人们都说我在女人方面的名誉一向不太好。你正好几乎是个标准美人。我们怎么能证明我们之间其实并没有什么关系呢?可能我看见他在你房里,出于妒忌,杀了他;也可能是他发现了我们正在做见不得人的事,我为了保全你的名誉,把他杀了。事实上,确是有人这样干的。”

“你真是冒着天大的危险。”

“没有什么。”

“昨夜我慌得什么似的,连谢都没有谢你。我太不像话了。可是我实在感激你,劳利。我全靠你。要不是你,我恐怕早也自杀了。我不知曾经为你做了什么,才值得你帮我这样大的忙。”

他朝她盯视了半晌,然后有意无意地莞尔一笑。

“亲爱的,我为任何朋友都会这样做。甚至为一个素不相识的人也可能这样做。你要知道,我就喜欢冒险。我并不是个真正奉公守法的人,冒险最够刺激。有一次,在蒙特卡洛,我在一张纸牌上面赌过一千金镑。那也是一种刺激;可是跟这个比,算得了什么。唉,我想起来了,那支枪呢?"

"我带在皮包里。我出去吃午饭的时候,不敢放在屋子里。我怕尼娜找到它。"

他伸出手。

"把皮包给我。"

她不懂他要这皮包干什么,只是递给了他。他打开皮包,把手枪拿出来,放进自己的衣袋里。



"你拿去干吗?"

他懒洋洋仰后身子,向椅子里一倒。

"我看那尸体是迟早要被发现的。这个事情我考虑过,我以为妥当点还是让那支枪在他身边一起发现。"

玛丽遏止住了一声惊叫。

"你还要回到那个地方去?"

"为什么去不得?这是个晴朗的下午,我很想运动运动。我已经租好一辆脚踏车。我完全可以沿着公路骑去,中途高兴,就弯上旁边的小路,去看看山顶上美丽如画的山村景色。这有什么说不通的?"

"有人会看见你到林子里去的。"

"当然我起码先要当心看好四下没人。"

他站起身来。

“你现在就去吗？”

“我想就去。事实上那儿算不得真是个林子。我昨夜没告诉你，恐怕你知道了更要急死。然而再要往前面找好地方也没有时间。你别指望他一时间发现不了。”

“不等你安然回来，我真要提心吊胆死了。”

“是吗？”他微笑着说。“我将在回旅馆的时候到这里来弯一弯。我大概还会要喝杯冷饮的。”

“哦，劳利！”

“不用怕。魔鬼是好汉，自己会当心。”



他抽身去了。现在等待他的归来是那么难受，前面经过的事情反觉得轻飘了。尽管她对自己说，这比起昨夜他们所冒的险来，算不了一回事，可是没有用；因为昨天的险——至少在当时——看来是非冒不可的，而今天这冒险却是不必要的。他是在把头颅送进狮子口里寻开心；他觉得把自己暴露在危险面前是乐趣。她忽然憎恨起他来。他不应该干这样的蠢事；她照理该阻止他。然而，事实上，当他在对一切都抱着无所谓的幽默态度时，是非也几乎没法弄得清。并且她觉得劳利决定了要做一桩事情，你要去劝阻他，也极不容易。真是一个怪人。谁猜得透他轻浮的举止中间却蕴藏着那么强的意志？

“当然他是从小放任成性，改不了了，”她愤恨地自言自语道。

他总算回来了。她深深地舒了一口气。你只消看他嘴角上挂着嘲弄的微笑,趾高气扬向她走来的样子,就知道一切顺利了。他自己在一张椅子上倒下,拿起一杯威士忌苏打就喝。

“大功告成了。一个影子都没有看见。你瞧,有时候机会似乎也会特地对犯法的人伸出援助的手。正好在那个地方有些泉水的细流。我想大概那儿准有水源,所以有这矮树丛。我就把枪扔在水潭里。过不了几天,这支东西的模样就好看了。”



她想要问尸体怎么样了,可是总说不出口。他们俩默默对坐着,他一面慢慢地抽烟,一面自得其乐地啜着他的冷饮。

“我要把昨夜里发生的事情原原本本全告诉给你听,”终于玛丽这样说。

“那倒不必。我猜想得出要点来,其余的就无关紧要,你说是吗?”

“可我偏要告诉给你听。我要你知道我的最该死的罪过。我其实也不懂这可怜的孩子为什么要自杀。我心里非常难过。”

他一声不响地听着,两只眼睛,又冷静又锐利,盯着她望,听她原原本本缕述经过的一切,从她看见卡尔从柏树的影子底下走出来起，一直到枪声把她从床上吓得跳起来的可怕的一刹那为止。有些话说不出口，但是有那双灰色的眼珠盯视着她，她仿佛觉得任何一点事实都瞒不过他。她索性不顾羞耻，把一切都直言不讳地说了出来，倒觉得心头一宽。当她讲完了的时候，他把身子往后一仰，靠在椅子上，似乎全部精神都集中在他烟雾吐成的圈子上面。

"我想我能够解释他为什么自杀的原因，"他终于开口说。"他是无家可归的逃亡者，身边没有钱，肚子饿得半死。他活着有什么味儿，你想？于是你来了。我想他出了娘胎也没有看见过这样美丽的女人。你给了他在最狂乱的梦境里也没有梦见过的一切。他忽然觉得整个的世界都变了，因为你爱了他。你叫他怎么想得到，你不是为了爱才把你的一切给了他的？你对他说这只是怜悯。玛丽，我亲爱的呀，男人是虚荣的，尤其是年轻小伙子；你不懂得这一点吗？这对他是无可容忍的侮辱。无怪他差一点要杀死你。你把他带上了九霄云天，又把他掷回了路旁的阴沟里。他好比一个囚犯，看监的把他领到了监狱的大门口，正在他要跨步走向自由的时候，又把大门向他迎面关上了。那还不够使他决心不要生活下去了吗？"

"当真是那样的话，我永远饶恕不了我自己。"

"我想确是那样，不过实际情况还不止如此。你瞧，他过去经受了那么多折磨，精神受了刺激，也许他神经已经不太正常。也许还有别的原因,也许你片刻之间所给他的狂欢,使他深知人间决不会再有更大的欢乐,因此也不想再有所企求了。你知道,人生在世,差不多人人都有一个时刻,觉得是快乐到了极点,不禁心里会说:‘上帝呀,但愿我能在此刻死去。’是的,他达到了那个时刻,产生了那种情绪,所以他死了。”

玛丽望着劳利,呆住了。果真是他,这样一个玩世不恭、无所事事、随心趁意的浪子,发着这样的宏论吗?这样的一个劳利是她从来没有想到过的。

“你对我说这些干吗?”

“唔,一半是因为我要你别把这一切太放在心上。眼前你也没有什么别的办法。只有忘掉它,或许我刚才跟你讲的一番话可以帮你心安理得地把它忘掉。”他对她带着嘲弄地一笑,那是玛丽经常遇到的。“一半也是因为我喝了几杯酒,恐怕有些醉了吧。”

玛丽没有回话。她把刚接到的埃德加的电报递给他看。他看了一下:

“你准备嫁他吗?”

“我要离开这里。现在我恨这所屋子。我一踏进那间房间就几乎要急叫起来。”

“印度离这儿很远很远。”

“他有力量和意志。他爱我。我知道,我现在不比以前。我需要有个人照管。我需要有个可以靠傍的人。”

“唔,那你就这样决定了吗?”

她不十分明了他的意思。她向他掷了一眼,可是他却张着笑眯眯的眼睛瞅着她,这双眼睛里又什么也看不出来。

她微微叹息了一声。

“不过,当然他也许会不要我的。”

“你在说什么?他爱得你发狂。”

“我必须把这事情告诉他,劳利。”

“为什么?”他惊诧得叫了起来。

“我不能嫁了他而让这件事情吊在我头顶。我良心不安。我将永远没有一分钟的安宁。”

“你的安宁吗?那么他的安宁呢?你以为你告诉了他,他会感谢你吗?我告诉你吧,一切都已经没事了。现在没有一点会把那可怜的小子的死牵连到你的头上来。”

“不过,我必须诚实。”

他皱皱眉头。

“你完全想错了。我很懂得这些帝国的建造者。他们只知道人格完整之类的名堂。他们懂得什么恩情?他们自己也不需要什么恩情。你去破坏他对你的信任,不是发疯了!他喜爱你。在他心目中,你是尽善尽美的。”

“实际上我并不是的,那又有什么用?”

“人家越以为你好,你自会变成越好的,懂吗?你的埃德加呀,他有许多突出的长处。他们使用得他正得当。然而,要是你不见怪的话,我却说他有一种执而不化的愚蠢;不过那对于他也有帮助。没有那种执而不化的愚蠢,他也不会有今日的地位。但是,你要他了解女人的感情的奥妙,那你就找错人了。”

“要是他真爱我,他自会了解我。”

“好吧,亲爱的,随你的便。我要是个女人,我就决不要嫁这种家伙;可是你既然已经决定嫁他,那想来你一定是要嫁他的了。但是你如果想嫁了他好好过一辈子的话,那就请听我一句话:严守秘密!”



他抿着嘴笑笑,轻轻摸了摸她的手,趾高气扬地踱步走去了。

她想,她恐怕从此永远不会再见他了。这使她心里一阵难过。有趣,他曾经要求她嫁给他。要是当时她当真答应了他,他的尴尬样子定会惹她发笑呢。

# 八

第二天下午四点钟光景，玛丽正又坐在花园里，想做做刺绣散散心，忽然尼娜出来对她说，埃德加爵士来电话。他刚到旅馆，想要来看她。

她不知他的飞机什么时候到，所以吃好午饭就一直等着他。她叫女用人去回复，说他随便什么时候来都欢迎。她的心开始跳得急促起来。她从皮包里拿出镜子，照照自己的脸。脸色苍白，但是她并不搽胭脂，因为她知道他不大喜欢胭脂。她把粉扑在脸上轻轻拍了拍，再在嘴唇上涂了些唇膏。她穿着单薄的夏季服装，黄底子的麻布上印着墙纸的图案，看上去朴素得像是侍女穿的，然而它却是在巴黎头等的时装公司里定做的。

不多一会，她听见汽车已经在开上来，接着埃德加出现在眼前。她从椅子上站起身来，上前迎接他。

他和平时一样衣服穿得笔挺，恰合他的年龄和地位。他在狭长的草地上阔步走来，细长的个子，挺直的身躯，看着也舒服。帽子已经脱下；浓黑的头发搽着保持波浪不走样的油，闪闪发光。密茸茸的眉毛底下清秀的棕色眼睛里充满着和蔼的光芒；平时漂亮、端正的眉目之间经常显示的严肃表情，被一朵愉快的微笑使之变得柔和了。他热烈地紧紧握了一把玛丽的手。

“瞧你眉清目秀，容光焕发，简直像画一般地美丽。”

这句俗套话是阿特金松先生每次见她必说的。玛丽这回从埃德加的嘴里也听到了这句话，有些好笑，她想大概某一种年纪的绅士们见了比他们年轻得多的女人总是说这么一套的吧。

“请坐，尼娜会给我们拿茶来的。你一路上好?”

“我真高兴又见到你了，”他说。“我好像离开了一个世纪。”



“没有太久。”

“幸亏我是知道你一天到晚所做的事的。我知道你什么时候一定在什么地方，我就用我的想念跟随着你从一个地方到另一个地方。”

玛丽泛然一笑。

“我想你公事也忙不过来吧。”

“忙，当然；我和大臣进行了两次长谈，大概一切都定当了。我将在九月初动身。他对我很不错。他并不讳言那是个艰巨的差使，虽然我接受这差使的时候早已晓得是棘手的，但是他说就因为棘手，所以他们一定要拣中我。我不想把他对我的恭维唠唠叨叨使你听了烦腻，不过……”

“我要听。我不会嫌烦。”

“好吧，他说由于那儿情况特殊，他们必须委派一个既灵活，同时又坚定的人去担负这艰巨的重任。而且承蒙他夸奖，说没有一个人兼备这些特点而又结合得比我更出色的。”

“我相信这是真的。”

“不过，无论如何我总觉得捧得我太高了。你瞧，我经过长期奋斗，如今终于看见自己离开树顶已经不远了。这回使命重大，职位显要，我正好有大显身手的机会。在你我之间自己人说说，我相信我能够好好干出一番事业来。”他停顿了一下，接下去说：“要是我所干的能够符合我的期望，而且能符合他们的期望的话，那甚至更高的职位还在后面呢。”

“你很有雄心壮志。”

“是吗？我喜欢权力，我不怕责任。我有某种天赋的才能，我希望有机会能够充分发挥我的才能。”

“那天晚上宴席上有位特累尔上校，他说如果你在孟加拉能够得到成功，那你就非升任印度副王不可。”

一道光芒闪现在埃德加洋洋得意的眼珠里。

“全印总督，他们现在这样称呼了。我想那是可能的。以前他们任惠灵吞①为总督——那是个了不起的总督。”

① 惠灵吞，一九三一年四月至一九三六年四月任印度副王，即总督。

他们喝完了茶,他把茶杯放下。

“你知道,玛丽,我追求一切活动的乐趣和因活动而获得的光荣,要不是一向都希望你和我共同享受,那就没有多大意思了。”

她的心停住了。关键时刻到来了！她点上一支烟,使自己镇静一下。她不朝他看,却觉得他的眼睛含情脉脉地盯视着她。

“你答应我回来给我回音的。”他喉咙口带着笑声说。“今天一早我特地包了架飞机赶回来,就证明我急急乎要听你的回音。”



她把手里刚点上的香烟丢了,轻轻叹了口气。

“在你说下去之前,我先有些话要告诉你。恐怕你听了要大失所望。先请听我讲,你什么也别说。你要说什么,要问什么,都等我说完了再说。”

他的脸顿时板了下来,用尖锐的目光望着她。

“好,我一句不说。”

“不消说,我最好能把这事情瞒着你,可是我总觉得那是不老实。你一定得先知道事实情况,然后你认为该怎么办就怎么办。”

“我听着。”

她重又把昨天讲给劳利听的那段长长的痛心的故事讲给了埃德加爵士听,什么也不略掉。她竭力想做到既不夸大,也不缩小。然而对埃德加讲这些是比较困难的。他一动不动地静听着。他的脸板着,很严肃。闪闪的目光里一点看不出他在想什么。她一面讲,一面觉得自己的行为比她讲给劳利听的时候更见得荒唐无耻。简直无法说出一个即使是自圆其说的动机来;有些巧事好像都是难以置信的,所以她想,他或许还不相信她这些话呢。这可使她的心下沉了。

此刻她才感到,劳利和她把死尸放在汽车里,开往山上一个冷僻角落去隐藏起来,特别惊险。然而她始终不知除此之外还有什么别的办法,可以避免可怕的舆论和警察局的纠缠。不过,这种事情会发生在她这样身份的一个人身上,实是太离奇,好像不是现实中而是梦魇中发生的事情。

她到底说完了。埃德加一言不发,静坐了一会,然后他站起身来,开始在绿色的草地上来回踱步。他低着头,双手反搭在背后,脸色阴暗、沉重,那是她从来不曾在他脸上看见过的。他一下变得异样地苍老。最后他在她面前站定了。他低头望着她,嘴唇上挂着痛苦的笑影,可是他的声音是那么温柔,她听着不禁心酸。

"我可能有些惊讶,要请你原谅。你知道,我是死也没想到你会做这样的事情。我在你还是个天真烂漫的可爱的小孩子的时候,就认识了你。我真无法相信,不是任何别人,而偏偏是你……"

他停住了，可是她知道他心里的话：他无法相信，不是别人，而偏偏是她竟成了一个莫名其妙的流浪汉的姘妇。

"我没有话可以替自己辩解。"

"我看你也实在太愚蠢了。"

"岂止是愚蠢啊。"

"我们不必谈这些。我想凭我对你的爱，完全可以了解你、原谅你。"他那男子汉的声音变了，但他这时候的微笑还是很自然，而且温柔。"你是个浪漫的小傻瓜。我相信，你在那个人自杀了之后所做的一切，在当时情况下恐怕也只有这样做。你冒了一个极大的险，可是看样子也安然度过了。现在的事实情况是：你极需要有个人来照顾你。"

她怀疑地瞧着他。

"你知道了这一切之后，还要和我结婚吗？"

他踌躇了一下，但那只是一刹那，所以要不是玛丽，也不会察觉。

"你总不见得以为我会让你在危难中，抛下不顾吧？我决不是那样的人，玛丽，亲爱的。"

"我非常惭愧。"

"我要你和我结婚。只要能使你幸福，我什么都愿意。事业并不是一切。毕竟我已经不是从前那样年轻了。我替国家已经做了不少事情，照理也应该引退，让年轻一辈有进取的机会。"

她觉得这话很突然，诧异地注视着他。

“你这到底是什么意思?”

他重又坐下来，把她的手握在自己手中。

“唉，宝贝，你看情形确实有了些变化。我已经不能再去担任这个差使：担任了不行。假使事情泄漏出去，那结果将不可收拾。”

她呆住了。

“我不懂你的意思。”

“别放在心上，玛丽，亲爱的。我准备打电报给那位大臣，只说我要结婚了，所以不到印度去了。我可以拿你的健康情况来推托，很有理由。只是我不能给你享受我原先指望的同样的地位了，可是我们仍旧能够很好地过日子。我们可以在里维埃拉①弄所房子。我一直就想自己有条游艇；我们可以在海上兜兜，钓钓鱼，多够味儿。”

“可是你不能在正要爬到树顶的时候放弃一切啊。你为什么要这样呢?”

“听我说，亲爱的。他们给我的那个差使是差不得一点的，需要我百分之百的理智和镇静。然而我势必将老是担忧着什么隐私会给人发觉。站在火山喷火口上，哪能作出冷静和深思熟虑的决断呢?”

① 法国东南部和意大利西北部地中海沿岸一游憩胜地。

“现在还有什么会被发觉的呢。”

“那支手枪。警察局要是查究一下,他们可以查出那支手枪是属于我的。”

“那倒恐怕是可能的。我也想到过这一点。不过可能是那个人在饭店里从我皮包中偷去的。”

“是呀,关于他是怎样弄到那支枪的这一点,我相信人们可以想出许多听来都有道理的说法。但是那就需要解释,而弄到非得要我解释,那就难办。不是我摆架子,可是我决不是随便撒谎的人。再说,那又不是你一个人的秘密。还有劳利·夫林特呢。”



“你绝对不用担心他会拆我的台。”

“我却正担心这一着。他是个没有脑袋的无赖汉。吃饭不做事。是社会的败类。我最讨厌这种人。你知道他有两杯下了肚会怎么样?那样的故事不讲也糟蹋了。他将私下告诉给某个女人。他告诉了一个,又告诉另一个,不一会儿这事情就传遍伦敦。包管要不了多少时候,就会传到印度来了。”

“你错了,埃德加。你错看了他。我知道他是浪漫的,不顾一切的;他要不是那样的人,也不会冒着这么大的险来救助我了。不过我知道我可以信任他。他决不会把我的事讲出去。他死也不会。”

“你没有我懂得人性。我告诉你,他到一个时候,会禁不住把那个故事讲出来的。”

“可是,如果你这样想法,那么你退休不退休,不是一样的吗?”

“要有许多闲话,但是我要是处在老百姓的地位,那有什么关系?我们只当它耳边风。然而假使我是孟加拉总督的话,那就完全不同了。毕竟你犯的是刑事。刑事犯是无论如何可以引渡的。这正给了不友好的意大利进行诽谤的好机会。你可曾想到过,他们可以说是你杀了那个人的。”

他盯视着她,眼光严酷得使她发抖。

“我不能不好自为之,”他接着说。“政府信任我,我从来没有使他们失望过。处于他们这次给我的地位,我的品格和我的太太的品格必须是无懈可击才行。我们在印度的局面大半决定于我们行政长官的威望。万一我须得不体面地辞职,那就很有可能引起最严重的事变。空论也没有用,玛丽;我一定要照我深信是对的路走。”

他口气渐渐变了,他的声音像他的表情一样地冷酷起来。玛丽这才看到了这位不仅是以卓绝的才干,而且又以无情的决断著称于全印度的人物了。她细看他严肃的脸上的每一条皱纹,注意他眼睛里闪着的光——也许那儿会泄漏一点他对她的真实感情,她想看出他内心的思想来。她知道她的自白使他的幻想破灭了。他不能同情那么荒唐、惊人的行为。她已经毁了他对她的信任,他再也不能对她放心。

然而他说出了的话决不肯缩回去。她既然主动把很容易隐瞒的事情都告诉了他，他自然只好用宽恕来应答她的坦白；他预备牺牲他的事业，放弃名声大振的机会，来和她结婚；而且她仿佛觉得他对于这么大的牺牲怀着一种苦痛的欢乐。倒不是因为他爱得她认为牺牲是值得的，却是因为他能够因而更觉自豪。她深知埃德加决不会因为为她牺牲那么多而责备她；但是同时她也知道，以他的活力、他的工作热情和他的野心，他将永远懊悔他失去的机会。



他爱她；不和她结婚将深痛地遗憾。可是她几乎看准他此刻是正想舍弃她——无论怎样难受，只要在面子上无损他的自尊心。他是他自己的完整人格的奴隶。

玛丽眼睛朝下，不让他看到她在微微好笑的眼光。说也奇怪，这个情景倒使她觉得有些好玩。原来她已经拿定主意，即使没有害他担心的事情，即使他明天就去做全印总督，她都无论如何不要嫁他了。她爱慕他，感激他，因为她把心里觉得非告诉他不可的事情告诉了他之后，他对她还是那么和蔼，所以她希望尽可能不要伤了他的感情。

她说话必须非常谨慎。假使她说错了话，他会执拗起来，不顾她的反对，硬要娶她的。是的，万一弄僵，她只好把他对她剩下的最后一点好感也牺牲掉。这就没趣了，然而也可能不得不然。到时候假如他对她的印象坏到了极点，也好让他好受些。

她叹了口气，想起劳利来了。跟他那样玩世不恭的家伙相处，要容易多少啊。他无论怎么不好，总不怕说老实话。她振作了一下。

“你知道，亲爱的埃德加，我会觉得破坏了你伟大的事业而非常难过的。”

“我希望你别想这个。我答应你，既退出了官场，就决不再想这些。”

“可是你不应该单为我们自己着想啊。你是出任这个特殊要职的唯一人选。他们需要你。你应该撇开私人感情出任艰巨，这是你的责任。”

“我可并不自认为非我不可。”

“我一向非常敬仰你，埃德加。我不能让你在他们如此需要你的时候推卸你的职责。这似乎是太懦弱了。”

他不安地挪动了一下身子；她觉得这话触到了他的痛处。

“没有别的路。在现在的情况下，我去接受那个差使，更加可耻。”

“可是也有别的路好走。到底你又不是非和我结婚不可的。”

他向她掷了一眼，但只是霎地一下，是什么意思，她可无从捉摸。他自己当然明白。是不是说：天哪，要是我有得脱身,难道不想脱身吗?但是他对自己的表情控制得很好,所以当他答话的时候,嘴上带着微笑,眼睛里一片柔情。

"可是我偏要和你结婚。在这世界上我没有任何比这更高的愿望。"

话说到这地步,她只好采取不愉快的下策了。

"埃德加,亲爱的,我很喜欢你,我受到你的恩惠实在太多了;你是我生平最好的朋友。我知道你是多么伟大,多么真诚,和蔼,忠实;但是我并不爱你。"

"自然我知道我比你年纪要大许多。我也明知你决不能像爱你同样年纪的人一样来爱我。我原来希望,唔,是拿我所能给予你的优越地位多少弥补这个缺陷。我非常遗憾,恐怕现在我所能给予你的已经不值得你来接受了。"

天哪,他好容易才说出了这个话来!为什么他不干脆说她是一个淫妇,他死也不要娶她呢?好吧,面前是一锅滚油,她除了闭紧眼睛往下跳之外,别无他法。

"我要和你坦白说一说,埃德加。当初你要去做孟加拉总督,你将有许多事要做,我也将有许多事好做。到底我是人,那个地位是够显赫的;只要我喜欢你,好像就可以了。我们将有许多共同关心的事情,所以我爱你不爱你,似乎不成问题。"这里是最难说的一段话了。"但是如果我们去里维埃拉度我们闲散的日子,一天到晚没有一点事情做,唔,我想在那样的情形之下,非要我爱你,像你爱我一样,才过得下去。”

“我并不一定说是里维埃拉。你喜欢哪里，我们就去哪里。”

“那有什么两样呢？”

他沉默了好一会儿。当他再望着她的时候，他的眼睛是冷冷的了。

“你的意思是只预备嫁孟加拉总督，而不要嫁一个靠年金过活的退休文官啰。”

“一定要我直说的话，那么我想正是这个意思。”

“既然如此，我们就不必再谈下去了。”

“再谈下去也谈不出什么所以然来吧？”

他又沉默了。他很严肃，脸上一点都看不出他在想些什么。他受了耻辱，可怜的家伙，对玛丽悲痛地失望了。可是玛丽确信，他同时一定也大大地宽心了。然而这一点却是他最不愿给她看出来的。终于他从椅子上站起身来。

“我在佛罗伦萨再耽搁下去似乎没有意思。当然，除非是你要我待着，万一关于——关于那个人自杀的事情有什么麻烦。”

“哦，不，我看没有什么必要。”

“那么，我明天就回伦敦去了。我就此刻向你告辞吧。”

“再会，埃德加。还请你原谅我。”

“你没有什么需要我原谅的。”

他握起她的手,吻了一下,于是他庄严地——庄严中全看不出有什么可笑——慢步踏着草地走去,不一会儿就被黄杨的树垣挡没了。她听见他的汽车开去。



八

# 九

这次谈话使玛丽很累。她已经两夜没有好好睡,现在在夏夜的凉风和寂静中仅有的单调而悦耳的蝉鸣催眠下,她一会儿就睡着了。

她睡了一个小时醒来,神清气爽。她在那古老的花园里兜了一圈之后,准备到平台上去坐坐,那儿可以在灿烂的夕照下再看看山下的城市。不料她经过屋子的时候,西罗——那个男仆——从里面走出来对她说:

"劳利先生请你听电话,太太。"

"你去听一听。"

"他要跟你说话,太太。"

玛丽微微耸了耸肩。她这时刻不太高兴和劳利通话;不过她想他可能有什么事要告诉她。躺在山腰里的可怜的小伙子的尸体始终缠绕在她的心上。她走去听电话。

"你家里有冰吗?"他说。

"你是为了问这个,所以要我听电话吗?"她冷淡地答道。

"不只这个。我还要问你,不知你这儿可有杜松子酒和苦艾酒?"

“还有什么吗?”

“有。请问假使我叫辆车子到你那儿来,你请我呷杯鸡尾酒怎么样?”

“我现在很忙。”

“那好。我来帮你的忙。”

玛丽不耐烦地又耸了耸肩,关照西罗把配制鸡尾酒所需的一切都拿来,自己返身回到平台上。

她急急乎想早日离开佛罗伦萨。她现在恨这个地方,不过她不愿她的离开引起议论。劳利来也好;她好跟他商量商量。这事情,你若想一想,会觉得有点滑稽:她竟会完全去信赖一个出名的靠不住的人。



一刻钟后,他来了。他在平台上走过来的姿态和埃德加恰好形成奇异的对比。埃德加,颀长的个子,瘦削的腰身,风度非凡;他有一种自然的庄严和惯于受人服从的自信的气派。倘若你在一群人中看到他,你一定要问那个脸上充满着意志、一举一动都显示着权威的人是谁。劳利呢,矮而粗壮,衣服穿得像是直统的工装,一摇一摆走过来,两只手习惯地插在口袋里,带着一种怠惰、无礼和逍遥自在的神气。在这姿态之中,玛丽不得不承认别有一种说不出的魅力。以他一张笑嘻嘻的油嘴,和一双作弄人的灰眼睛,你当然不能对他认真,然而他是个很容易相处的人。玛丽忽然觉得,尽管他有许多的过错(也不管他曾帮过她那个大忙),

和他在一起总是那么随便。你可以完全自由自在。你不必对他矫揉造作，首先是因为他有锐利的眼光能够看透一切虚伪，虚伪只有惹他好笑，再则，他自己从来也不矫揉造作。

他给自己配制了一杯鸡尾酒，举起杯子，一饮而尽，然后舒舒服服地倒在安乐椅上坐下。他向她调皮地做了一个眼色。

“唔，宝贝，到底这位帝国的建造者把你丢了啊。”

“你怎样知道？”

“二加二等于四，我推想如此。他回到旅馆就问火车，知道今夜还赶得上罗马—巴黎线的快车，已经叫车子送他赶到比萨去了。我想如果事情没有破裂，他不至于那样急匆匆地离去。我早对你说，把秘密去告诉他是愚蠢的。你不能以为像他那样的人能够咽得下你的故事呀。”

劳利既然把这事情说得这样轻飘，当然也不必让它蒙上悲剧的气氛。玛丽笑笑。

“他态度倒很好。”

“当然啰。我相信他的态度一定像个高雅的绅士。”

“他是高雅的绅士。”

“那就远胜过我了。我生来是个绅士，却没有绅士的性格。”

“你不必跟我说这个话，劳利。”

“你心里不难过吗？”

“我吗？不，信不信由你，事实上我们在谈论这个事情的时候，我就决定无论如何不嫁他了。”

“你这就好了。起先你似乎坚决要嫁他，我当然不便多说，你嫁了他要厌烦死了。我懂得女人。你不是那种嫁帝国建造者的人。”

“他是大人物呢，劳利。”

“我知道他是。他是个有一副大人物架子的大人物。妙就妙在这里。就像卓别林扮演卓别林。”

“我想离开此地，劳利。”

“我看你应该离开此地。换个环境对你有好处。”

“你待我这样真心诚意。我走了会觉得身边少了你。”

“可是我想以后我们将常在一起的。”

“这话怎么说？”

“唔，因为据我看起来，你现在只有嫁我了。”

她竖起身子，瞪着他。

“你说什么？”

“事情岔出了许多，所以恐怕你早已经忘记了，可是有一天晚上我确曾向你求过婚。你别以为我把你当时的回答看作是说死了的。以前，每个女人，我向她求婚，也总是如此的。你知道吗？”

“那天我还当你是说着玩的。你现在总不会再要和我结婚吧。”

他向安乐椅上一靠，吸着烟，嘴角上一抹微笑，柔和的眼睛里闪着光；他的口气是那么地随便，所以你总当他只是在开玩笑。

"你要知道，我亲爱的，我的长处是：我是个坏蛋。许多人都为我的所作所为骂我；我想他们也不错；不过我总觉得从没有怎样损害过任何人。女人喜欢我，我又天生多情，因此其余的事就几乎自然而然接着发生了。可是无论怎么样，我没有权利、也不高兴去指责别人的行为。'自己活，也给人活，'那是我的格言。要明白，我不是帝国建造者，也决不是有好名声的循规蹈矩的人，而只是乐天知命，有一点钱，喜欢寻开心。你说我是个无赖汉，是个败家子。好吧，你来改好我，怎么样？我在肯尼亚有一点产业，原有一个账房，他不行，要歇掉他。我想自己到那边去管理，倒也不错。也许这个时候我也该安定下来了。你会喜欢那边的生活的。"

他停了一停，等她说话。可是她什么也不说。她太诧异了，他所说的一切太突然，所以她只是呆望着他，似乎全然莫名其妙。他继续说下去，懒声懒气地，仿佛是在说笑话，准备她发笑。

"你说得对，我起初只想和你风流一番。是的，干吗不呢，你是个非常漂亮的女人。我要是不想和你混混，那真是傻瓜了。可是那天夜里我们在车子里的时候，你说的有些话真正感动了我。我不由觉得你实在可爱。”

“那天之后发生的事情太多了。”

“我知道,而且我不妨告诉你,有一霎时,我的确还对你很恼火。”

她从眼睫毛底下瞟了他一眼。

“所以你就打了我吗?”

“你是说在你下车的时候吧?我打你,是因为我叫你不要哭。”

“你打得我好痛。”

“要你痛才打的。”



玛丽低下头去。当她把她和那个不幸的青年之间所发生的事情告诉埃德加的时候,他听得脸色都发了白。他大为震惊。但是她觉得,他痛心的是她竟这样玷污了他最珍重的她的清白。原来他所爱的不是现在的玛丽,而依旧是他给她吃巧克力的美丽的小姑娘——童年的天真无邪使他迷醉的玛丽。

劳利给她狠狠的一掌是由于男人达不到欲望而产生的妒忌。真奇怪,她突然发现了那个原因,竟会异样地骄傲起来。她不禁向他看看,眼睛里含着依稀的微笑。他们的视线接触了。

“但后来我不恼恨你了。你知道吧,你在急难中打电话叫我,我很喜欢。后来你能把头脑镇静下来(起先看你是乱极了)，你有胆量，这一点我也喜欢。当然你所做的是十足的蠢事。但是这说明你是慈悲为怀的。老实说，我所认识的女人当中就不大有这样好心肠的。我非常爱你，玛丽。”

“你们男人多奇怪!”她叹息着说。“你们两个儿，埃德加和你，都把实际上无关紧要的东西看得那么重。真正的问题，绞着我心的问题，是那个可怜的举目无亲的孩子，由于我的罪过竟无遮无盖地僵卧在露天里。”

“他在那里跟在墓园里没有什么两样。再说，你为他伤心，他也不会活转来——活转来的日子他也不好过。他对于你有什么关系呢？毫无关系。如果他明天在街上打你面前走过，或许你连认也不认识他。不要有伪善的想法。这是约翰生①博士的至理名言。”

她睁大了眼睛，问道：

“你怎么也晓得约翰生博士?”

“在实在没有事做的空闲日子里，我也看过好多书。塞缪尔·约翰生那个老头儿是我很喜欢的作家。他很有常识，也懂得一点人性。”

“你这个人意想不到的地方太多了，劳利。我总以为你是只看些体育新闻的。”

“我是不把所有的货色都陈列在橱窗里的，”他做了个

① 约翰生(1709—1784)，英国作家、文学批评家兼词典编纂家。

笑脸说。“我想，你嫁了我，我决不会像你想象那样地惹你讨厌的。”

她听到一句打趣的话，很快活。

“教我怎么能指望管得住你，即使只求你不要太不忠实呢？”

“唔，那要看你了。据说女人应该有事情做，在肯尼亚你就自会有非常适当的事情做。”

她对他打量了一下。

“你为什么不怕麻烦要娶我呢，劳利？如果你真是像你所说的那样爱着我，那我不妨陪你去旅行一次。我们可以开了车子到普罗旺斯①去兜一圈。”

“那当然是个提议，不过是个混账的提议。”

“拿一个好朋友换一个冷漠的丈夫，似乎没有什么意思吧。”

“那才是一个可敬的女人所说的有意思的话。”

“我可不是那么可敬的，你不认为我现在再要摆架子已经晚了吗？”

“不，我不以为然。如果你要开始怀有一种自卑心理的话，那我要好好揍你一顿，叫你一个月也忘不了。我亲爱的，我所要的是结婚，否则就拉倒。我要你，是要你永远跟

① 在法国东南部。

我在一起。”

“可是,我并不爱你呀,劳利。”

“我早已在那天晚上跟你说过了:你如果给你自己试一试的机会,你会爱我的。”

她疑惑地对他望了半晌,接着忽然一丝羞怯而略带揶揄的微笑偷偷闪现在她那可爱的眸子里。

“也许你说得不错,”她喃喃地说。“那天晚上,在汽车里,那些醉鬼经过我们的时候,你把我抱在怀里,虽然我吓得要命,可是我得承认,当你的嘴唇压到我嘴唇上来的时候,那感觉并不是——完全没味儿的。”

他喉咙口咯咯地大笑起来。他跳过身去,把她一把拖起来,双手搂住了她。他吻着她的嘴。

“那么现在怎么样?”

“好,既然你坚持要和我结婚……不过我们这是在冒大险。”

“宝贝,那就是人生——人生就是冒险。”

**图书在版编目(CIP)数据**

情迷佛罗伦萨/(英)毛姆(Maugham, W. S.)著;俞亢咏译.
—上海:上海译文出版社,2013.9 (2023.6 重印)
(毛姆文集)
书名原文:Up at the Villa
ISBN 978-7-5327-6239-2

Ⅰ.①情… Ⅱ.①毛… ②余… Ⅲ.①长篇小说-英
国-现代 Ⅳ.①I561.45

中国版本图书馆 CIP 数据核字(2013)第 118732 号

W. Somerset Maugham
**UP AT THE VILLA**


**情迷佛罗伦萨**
〔英〕毛姆/著 俞亢咏/译
责任编辑/冯 涛 装帧设计/张志全工作室

上海译文出版社有限公司出版、发行
网址:www.yiwen.com.cn
201101 上海市闵行区号景路 159 弄B座
浙江新华数码印务有限公司印刷

开本 850×1168 1/32 印张 4 插页 6 字数 51,000
2013 年 9 月第 1 版 2023 年 6 月第 6 次印刷
印数:17,001—19,000 册

ISBN 978-7-5327-6239-2/I·3705
定价:38.00 元